词人之舟

琦君 著

中国出版集团　现代出版社

图书在版编目（CIP）数据

词人之舟 / 琦君著.—北京：现代出版社，2018.3
ISBN 978-7-5143-6466-8

Ⅰ.①词… Ⅱ.①琦… Ⅲ.①古典诗歌—诗歌欣赏—中国
Ⅳ.①I207.22

中国版本图书馆CIP数据核字(2017)第258971号

版权登记号：010-2017-5934
《詞人之舟》，經權利人授權在中國大陸地區獨家出版發行

词人之舟

作　　者：琦君
责任编辑：曾雪梅
出版发行：现代出版社
通信地址：北京市安定门外安华里504号
邮政编码：100011
电　　话：010-64267325　64245264（传真）
网　　址：www.1980xd.com
电子邮箱：xiandai@vip.sina.com
印　　刷：北京美图印务有限公司

开　　本：880mm×1230mm　1/32　　印　　张：6.25
版　　次：2018年3月第1版　　　　　　印　　次：2018年3月第1次印刷
字　　数：146千字
书　　号：ISBN 978-7-5143-6466-8
定　　价：49.80元

目录

自然处见才情（序一）

齐邦媛

中国古典诗词的许多句子在琦君的文章里早已不露痕迹地"现代化"了。大多数写"纯散文"的人都有词穷的时候，琦君脑中却有无数词句在紧要关头带着彩笔来，给她的龙"画上眼睛"。在谈话中，诗词句子也常被她自自然然地作形容词、名词用，有时还作动词用呢。

琦君这本词人选集出在她十七本散文、小说集之后。读者好似先看到树的枝干花叶，然后才看到树根。这本书也好像是许多问题的答案，又似补足了她自传里重要的一环。

也许每一个中国人的童年都曾有过祖父糊的红纱灯，在春节的锣鼓声中，小小的手提着它走过家乡的河岸。成年后在记忆中提着它穿过外面世界的风雪。

但是今天很少人的童年有诗词生活化的经验。很少家庭有院子，院子里种着桂花树，秋来摇桂花的时候，孩子们跟着，"帮着抱住桂花树使劲地摇，一面喊好香的雨啊"。更少的父亲会"口占一绝"预言"花雨缤纷入梦甜"。更有几个母亲会"洗净双手，撮一撮桂花放在水晶盘中，送到佛堂供佛"？这样的境界，也是缘分，少人修得，修得者也未必有慧根识得。

琦君是极爱小孩、小狗、小猫乃至小老鼠的人。（我确知她抱猫时也吟诗）她知道童年的形式是无法"推广"的，但是她相信文学的积极力量，因此她就努力地推广诗词经验，使青年人和心仍年轻的人分享她灵感的泉源。这本介绍词人与作品的书虽是建立在深厚的学问之上，却不用考据和训诂吓人。她简单明白地说："我选我喜欢的词人和作品，给和我有共鸣的读者看。"

这"喜欢"二字融化了学术性著作的冰雪性，给读者和受命写序的人壮了胆子。看了这前十篇就知道贯穿全书的是"才情"二字。在琦君的散文和小说中情意情缘虽是无处不在，却以不同面貌出现。在这本集子里，她正面谈词中的情，探讨词人的诗才如何扩大了情的境界。她所选的词人有数种不同的典型，禀赋变幻万端的才情。

在写晏几道的《歌尽桃花扇底风》一文中，琦君说："其实所有的词总以言情为主，只是有各种不同的情，'将军白发征夫泪'是一种情，'酒入愁肠，化作相思泪'又是一种情。即豪迈如苏东坡、辛弃疾，又未始不言情。不然东坡何必'把酒问青天'，弃疾何必'把吴钩看了，阑干拍遍'呢？"琦君常言，最佩服苏东坡那当由关西大汉执铁绰板铜琵琶而歌的词中豪情与气势。但是他那悲壮的《念奴娇》在怀古之后仍是归于一个"情"字："多情应笑我，早生华发，人生如梦，一樽还酹江月。"虽强作达观，千古多情人仍能解得此中苍凉。东坡的伟大就由于他的才情不局限于豪放一格。他能豪放也能婉约，能洒脱也能缠绵。琦君行云流水般评介了东坡中秋怀弟的《水调歌头》、悼亡的《江城子》，认为"于自然处见真情，无怪成千古绝唱"。她不同意一位学者对东坡感情的分析："大抵多情人最工作茧，东坡亦工于作茧，看去将自缚，但此老忽化蛾飞去，此其超脱处也。"绮君说："在我看来，东坡对朝云，岂能化蛾飞去耶？"

寓情于景亦是中国诗词中最成功的技巧，在《宝帘闲挂小银钩》一文中，琦君以《浣溪纱》说明秦少游的才情，他用一连串的朦胧意象表现一种极含蓄的凄迷之美，写的明明是料峭的春寒，而全词没有一个春字。她评他《踏莎行》结尾二句"郴江幸自绕郴山，为谁流下潇湘去"是"于空灵疏淡中，寓无限缠绵悱恻之情"。由此至因"山抹微云，天黏衰草"，著名的《满庭芳》，琦君仍不能忘情，说他"写景处是写情，写情处却又写景"。

父子词人的小晏因为父亲晏殊曾经官至宰相，硬要对人说："先君平日小词虽多，未曾作妇人语。"琦君的批评是："这种辩解实在多余。他词中儿女情长之句俯拾即是。"她引了晏殊许多词句做证。如《木兰花》中："无情不似多情苦，一寸还成千万缕。天涯地角有穷时，只有相思无尽处。"这些词句记载的是权势以外的真正人生，只能使他更具可敬的人性。宰相下班后也有私人感情生活。多情相思"一寸还成千万缕"，又岂只有"妇人"才作此语！谈朱淑真时，琦君又引晏殊的《浣溪纱》中"落花风雨更伤春，不如怜取眼前人"，说这"哪里像一个大宰相的口气"。同篇中她又以写"先天下之忧而忧，后天下之乐而乐"的范仲淹为例，他也写了"酒入愁肠，化作相思泪"，在他的功勋表上可怎么列呢？

这样的现代化精神贯穿全书。温柔和善的琦君，被青年人尊为"上一代"作家的琦君，自有她新女性不妥协的一面。她忍不住在结束卓文君的《白头吟》一文时说："《白头吟》虽然断了司马相如纳妾的念头，可是在文君的心灵上是否已印下了不可弥补的创伤呢？"这样更深一层的感触，出自琦君对感情的理想主义，既真诚又执着，应更能引起今日读者的共鸣。

清代女词人吴藻，若非琦君敢打破学术性的传统编法，也许永不能与广大的二十一世纪读者见面。吴藻和纳兰成德是复古声中两位奇才。他们"以横溢的才情、革命的精神，摆脱桎梏，发挥性灵"。由本书所选几首小词看来，她确有极鲜活生动的近代精神，能"摆脱陈腔旧语，非北宋末诸家所能及"。尤其令人心服的是语言活泼，读来不但亲切，对今天的白话文学来说，亦是莫大贡献。

民国以来，词的创作仍有多位才情并茂的诗人维系不堕，琦君的恩师夏承焘先生是浙东大词人之一。他的作品、词评和影响在琦君书中无处不在。琦君在《烟愁》第三版后记《留予他年说梦痕》中详叙了她就读浙江大学的师生缘。他飘逸的风范和淡泊崇高的性格，不仅由他作品中看到，也在他带一群得意门生去九溪十八涧，沏一壶龙井清茶论诗的逸兴上看出。那时犹尚无忧的琦君还能静心一志地又读又写。在她聆听恩师"松林细语风吹去，明日寻来尽是诗"的启示时，她梦中绝没有想到即将吹起的乱离风暴，然后没有松林了，没有细语了，她和她的一代人在战火中尝尽了生离死别的痛苦。三十年前只身来台，不但活下来了，还能以宽厚的心回顾往事中温煦的一面。如她自己在前文中所说："生涯中的一花一木，一喜一悲都当以温存的心，细细体味，哪怕当时是痛苦与烦恼，而过后思量，将可以化痛苦为信念，转烦恼为菩提，使你有更多的智慧与勇气，面对现实。"夏先生的诗教至今已不仅是梦痕而成了一本本多人爱读的书。这一本应是一份迟缴的但糅进了她一生才情的读书报告吧。琦君何幸有这样的老师，夏先生又何幸有这样锲而不舍的学生！

那夜初逢琦君，发现两家住在同巷的两端。她说先送我回家，我说你一个人深夜深巷回去，我也很不放心呢。我们站在门口，她竟然念了两句苏东坡的词："敲门都不应，倚杖听江声。"许多年不曾遇到这样不顾现实的诗痴了。自己曾渴望诗酒风流的旧梦都涌上心头。一时竟忘了她这个弱女子既不是马麟画中伫立的儒生，手里也没有杖可倚。在摩托车呼啸肆虐的台北街头，江声海涛都遥不可闻。那夜的感动延续至今，给我这诗词的爱慕者下笔为序的勇气。

今年三月台湾得了几场温润滋育的可爱春雨，春雷也适时而至，打得那么清新利落。南部平原的农田刚刚欢欢喜喜地插了秧。这本书是琦君在又一代有才情的心灵中插的秧。江南是琦君的故乡，父母的坟茔是故乡，诗词也是她的故乡，而且随着她，随着你我，漂洋过海，稳渡风浪。时时有乡音提醒我们，诗词中蕴含的不逾越的节制，山川花草的情致都已经融入我们血脉之中了。

1981 年 3 月 29 日

读《词人之舟》(序二)

林文月

　　琦君的散文，凡是稍肯留心台湾文坛的读者，都不会不注意。不仅是因为她所写的"量"多，也更是由于其"质"美。所以余光中说：三十年来台湾作家的第二代之中"笔力最健者，当推琦君"。(张晓风《你还没有爱过》序)杨牧说："二十年来，琦君的散文越酿越深越广。"(琦君《留予他年说梦痕》序)然而，琦君的专长和关心的方向并不限于散文一类，她也写小说，也写诗词。近年来，她似乎减少了小说的创作，她的诗词坊间看不到集子，但认识她的朋友都知道她写极好的诗填极好的词；而即使一般读者恐怕也可以从她时时融入散文中的诗句、词句，感知琦君对于旧文学的深厚造诣吧。

　　大家所景仰的夏承焘先生是琦君的老师，而琦君自己则又是多年来许多年轻学子的老师。文化的薪火传递，好比接力赛跑，就靠着醉心古典的有心人一代一代默默地传递这神圣的棒子。可是，并不是每个人都有机会亲炙名师门下聆听其课的，所以若能将课堂上讲解古典文学的精华以文字替代口授，印刷成书册，那么就会传播更广，嘉惠更多的人了。琦君的新著《词人之舟》，正是符合此要求的书。

《词人之舟》是一本赏析评介词的书，共收温庭筠、李煜、柳永、晏殊、张子野、晏几道、苏轼、秦观、李清照、陆放翁、辛弃疾、朱淑真、吴藻等十三家（另附卓文君与花蕊夫人），前面有一篇《词的简介》分段说明词的形成、名词、体裁及讨论词与诗的区别，介绍几则关于词调的掌故。这篇替代自序的文字，以深入浅出的口吻介绍词学，好比是上词选课第一堂的开场白，使读者于接触个别词家的作品之前，对于词这个特殊文类的外在及内涵，能够有一个预先的通盘认识与了解。

在诸篇个别词人的文章里，有一个统一的面貌格式：即先叙作者生平背景，再选取作品若干做具体的赏论。这是传统"说诗人"的作风。

好的文学作品，虽未必因作家个别的内外在环境因素而受重视，但"读其书不知其人可乎"？何况环视世界学界，在扬弃文学外缘的新批评风行过一阵以后，最近无论欧美或日本的汉学家们都逐渐有回头重新肯定我们传统的史传批评价值的趋势了。陈寅恪在《元白诗笺证稿》中所强调的"须知当时文体之关系"及"须知当时文人之关系"这两个原则，只要运用得当而不牵强附会，实在并无碍于后人欣赏古典作品的奥妙，且更能有深刻的体悟认识。例如温庭筠宦途不遇，造成其人之孤绝感与放浪生活，作品便也自然由于现实生活的反照而呈现颓废侧艳的色彩；晏殊身为宰相，富贵显达，宴饮填词是其生活重心，北宋初期词的兴盛，当居首功；辛弃疾生当宋代乱世，怀抱满腔热血，有坚定的民族意识，奈受当权者的压抑而志不得伸，遂令孤忠悲愤之气深露词表。这些个人身世，或家国之事，在本书每一篇文章之中都有简明扼要的说明，可助读者充分了解许多作品的写作背景及动机，因而千百年后的今日读来，无论婉约绵丽、闲适悠远，或豪迈沉郁的情调都能跃然纸上，引发共鸣。

文字的主要部分当然是词本身的赏析评论。各家引例虽不相等，多则十首，少或三数，但在形式上兼及小令与长调，而内容风格方面也尽量表现各家的代表风貌。细读每一首词的析论，自能看出这位"说诗人"的功力和见解。

大体言之，琦君引导读者的方向是在作品本身的解释与欣赏。不过，或许由于她本人是一位写作经验丰富的作家，又雅爱填词，所以每能就各首词的布局结构或遣词造意方面细腻剖析，显现出原作者苦心费神之处，引导读者不仅"知其然"，且更进而"知其所以然"。文中时则又以不同的词家作品相提比较，则是旨在说明作家情性之差别，与文字为用之变化的奥妙。例如在《歌尽桃花扇底风——晏几道》里，便以大、小晏的两首《玉楼春》并列，从而具体显示其中异同。此盖亦即曹丕《典论论文》中所谓："气之清浊有体，不可力强而致，譬诸音乐，曲度虽均，节奏同检，至于引气不齐，巧拙有素，虽在父子不能以移子弟"之理。至如文中旁征博引，诗词并举以证异同的例子，则随处可见，不胜枚举。文学的鉴赏，于单篇个别的理会认识之外，贵乎能融会贯通，读者若是用心细读，当能体会个中用意与苦心了。

谈到文艺鉴赏问题，往往存在着主观的感知爱好，即便是比较严肃的批评工作，也未必能尽去主观的立场。琦君论词，自然也有她个人的主观爱好，对于前人之论说，于引述介绍之余，则又有她自己的意见。例如，在《玉炉香，红蜡泪——温庭筠》一篇之中，引述王国维评论飞卿词有如"画屏金鹧鸪"，韦庄词似"弦上黄莺语"，颇有抑温扬韦的倾向。琦君认为王说"未必中肯"，并举《更满子》一首，以证明温词"有许多意识跳跃错综之处，绝非'画屏金鹧鸪'五字所能涵盖"。同篇末尾又提到前人时有以屈赋香草美人之寄托论温词的情况，认为这"未免捧得过分"。事实上，东汉诗教之说以降，中国文士往往拘泥美刺正变之思想，造成许多穿凿附会、曲解滞固的论调，致使文学作品的艺术真价值淹没于狭隘的道德观念之下，这种现象毋宁是可笑复可悲哀。今天，我们在赏论文学之际，应该抱持当仁不让的精神，排除那些迂腐无稽之谈，还文学以本来面目，才是一条合情合理的正道。诚如琦君在书中处处所提醒读者的，词本兴于晚唐、五代，其温床乃是在民间、在歌坊青楼，所以写景多为园庭，言情唯工绮丽，伤春惜别，儿女私情为其本色，故而"花间"作家的词轻柔浪漫，甚至缠绵颓废，在所难免。即使北宋初期如二晏、欧阳修的作品，也仍不脱此风；至于词的风格突破婉约缠绵而兼容豪迈阳刚，乃至于无所不写，则是在苏东坡以后的事情。这种转变，虽然提高了词的文学地位，究竟已非民间当初的面貌。所以胡适才说，宋代的词是"替身"，是"投胎再世"。周济、张惠言诸人之说，固然用心良苦，企图以狭隘的道德观念维护飞卿之名誉，却无视于文学发展的历史途径，徒然干扰后世学者的耳目欣赏罢了。类似的曲解附会，有时也出现在其他各家词人之间，琦君都一一驳辩，整顿抓栉，带领读者走入文艺赏鉴的正途。

琦君论词，行文流畅，保持她散文的清新风格，娓娓道来，令人感觉有如置身课室之中，聆听她授课，又因为文中时时穿插文学掌故，所以颇能引发兴趣；当然，其间难免有些不可信的传说，则只是提供读者作为文学常识的认知，聊备一格而已。

在书前，琦君引述了她的老师夏承焘先生的话："你不一定要做词人，却必须培养一颗温柔敦厚、婉转细腻的词心。对人间世相，定能别有会心，另见境界。正如你不必是一个宗教信徒，却必须有一颗虔诚恳挚的心，才能多多体验人情、观察物态。"夏先生已经把她的心意传达给了他的高足琦君，我们期待琦君把她的心得传达给更广大的读者。

词的简介

词的形成

诗歌与音乐，原是不可分离的。我国古典文学《诗经》中的"国风"，就是表达心声的民间歌谣。当时歌唱的音调一定是非常动听的，歌词一定是非常口语化的。大家彼此唱和，一听就懂，才会愈唱愈多，愈唱愈普遍。采诗之官依音调语言记录下来，才成为文字上的诗。经孔子编订以后，"一一皆弦歌之"，作为他的教学教材。到了南方的《楚辞》，人民对山川神祇的想象更饶丽，其中的"九歌"就是祭神时的舞曲，配上舞蹈，音乐的变化当然更复杂、更美妙了。汉代的乐府，就是皇家音乐院。主持乐府的乐官，依据当时的需要和诗人所作之词制作了各种乐谱，诗人们也有按乐谱再作歌辞的，这些歌辞就是乐府歌辞，也简称乐府。像"郊庙""燕射""舞曲"等歌辞是为皇家贵族而制作；"相和""清商"和"杂曲"是采集的民间乐曲，如同今日的民谣或流行歌曲，是最有意义的一部分；"鼓吹""横吹"曲辞则是根据西域输入的歌曲，所用乐器不同，更是另有特色。汉以后至魏晋南北朝，这类乐府非常兴盛。

唐朝是一个音乐全盛的时代。其原因之一是帝王对音乐舞蹈的爱好，常命乐官制曲供宫廷嫔妃歌舞。最著名的当然是明皇为贵妃所制的《霓裳羽衣曲》，以及为梨园弟子所制的歌曲。其二是胡乐的输入更多。像琴、箫、笳、横笛、琵琶等，更激发宫廷与民间对新乐的爱好，作歌词之风也更盛了。其三是佛教音乐梵音的输入，也可能使中原乐曲多少受到感染而创作新声。其四是近体诗即律诗、绝句的产生，这是唐代诗人在诗歌上最大的贡献。他们不但使诗歌与音乐有了密切的配合，而且从文字本身的四声音韵和句法的格律上产生独立的音乐美感，而不必完全依赖音乐。当时政局安定，社会歌舞升平，教坊乐工们就大量采集里巷歌谣，制曲供歌人歌唱。但这些歌词都比较俚俗，于是许多较高雅的歌姬们就纷纷歌唱诗人墨客的绝句①。诗人们也以自己的作品能多多被歌唱为荣。像王昌龄、王之涣、高适三人在旗亭，就是以画壁计算来打赌，看谁的诗被唱得最多为胜利，可见他们作品流行之广，唱诗风气之盛。

中唐以后，此风更盛。唱的时候，为了婉转动听，歌者往往在二句之间加上和声或泛声，就是众人相和的声调。久而久之，教坊乐师为了保存泛声，就在该处填上实字，即所谓"衬字"。渐

---

① 这些绝句音调铿锵，因此后人常称音调美妙的绝句为有"唐音"。——作者注

渐地，诗的句法就起了变化而成为参差不齐了。诗人们因此就索性自己来创作长短句有变化的新词，像张志和的《渔歌子》，白居易的《忆江南》《长相思》《花非花》等，都是传诵一时的新体诗词，而且渐渐创始了"词"的形态。

特别值得一提的是，白居易与刘禹锡二人更创作一种叫作竹枝、柳枝的歌词。其形式也是七言四句，与绝句极相似。不同的只是在每句第四字下加"竹枝"二字，第七字下加"女儿"二字，乃是指明此处当加和声。至于词的内容，则比绝句更浅白接近口语。例如白居易的一首竹枝：

> 江畔谁人（竹枝）唱竹枝（女儿）。前声断绝（竹枝）后声迟（女儿）。怪来调苦（竹枝）怨词苦（女儿），多是通州（竹枝）司马诗（女儿）。

又如刘禹锡的一首柳枝：

> 塞北梅花（竹枝）羌笛吹（女儿）。淮南桂树（竹枝）小山词（女儿）。请君莫奏（竹枝）前朝曲（女儿），听唱新翻（竹枝）杨柳枝（女儿）。

其实柳枝词在隋炀帝时就有人唱了。例如无名氏的《送别诗》：

杨柳青青着地垂，杨花漫漫搅天飞。柳条折尽花飞尽，借问行人归不归。

非常玲珑可爱，却又带点轻微的感伤。文字形象化，音调又美，简直就是唐人绝句。据说是老百姓因隋炀帝巡游无度，民间困苦不堪，所以作了这首柳枝盼望他早点回朝。此词收在《古诗源》中，可称得上压卷之作，也可以说是竹枝、柳枝的滥觞。

竹枝、柳枝词是当时盛行的调子，但歌人们称诗人所作的歌词为"诗客曲子词"，以别于教坊乐工采里巷歌谣所作的歌词。无论是诗客曲子词或里巷歌词，所配的音乐主要都是燕乐。燕乐即是从西域传来的北方民族的音乐，乐器是以琵琶为主。琵琶音律多变化，共有二十八调，可以拨弹出多种美妙乐曲。白居易、刘禹锡、元稹等诗人都深为爱好，常有描写弹琵琶的诗篇。这使得诗人文士与民间音乐愈发密切结合，也促进了晚唐五代词的快速发展。

所以到了晚唐，竹枝词作得更多。像皇甫松不但作竹枝，还作了《采莲子》：

菡萏香莲十顷陂（举棹）。小姑贪戏采莲迟（年少）。晚来弄水船头湿（举棹），更挽红裙裹鸭儿（年少）。

这是描写村中少女采莲的活泼欢乐情态，词句比竹枝还要口

004

语化，也更能传神。它和竹枝不同的是加唱和声的地方不同，是在第一、三两句下加"举棹"二字，二、四两句下加"年少"二字，表明此处有和声。

进入五代以后，句法和韵脚也渐多变化，例如顾敻的《荷叶杯》：

春尽小庭花落。寂寞。凭槛敛双眉。忍教成病忆佳期。知摩知。知摩知。

歌发谁家筵上。寥亮。别恨正悠悠。兰釭背帐月当楼。愁摩愁，愁摩愁。

变化的顺序是：由整齐而后错综，由独韵而后转韵。像《荷叶杯》的句子，就不是七字句，韵也由仄声然后转为平声。

词的形成，既然是由于音乐的兴盛和歌唱的需要，所以词亦称曲子，或称倚声。作词的要照谱一一填入，所以叫填词。《全唐诗》末附词十二卷。有序云："唐人乐府，元用律绝杂和声歌之。其并和声作实字，长短其句以就曲拍者，为之填词。"因此词的格律，比诗更严格，而且愈来愈严格。经北宋到南宋，不但讲究四声，还分别阴阳，以文字的声调来配合乐谱的声调，在音乐吃紧之处，更须严辨字声，以求协律。词人们也越加从每个字的音乐性上下功夫。讲究到某调某句某字必须用第几声，例如周邦彦《解连环》中的结句：

拼今生对花对酒。为伊泪落。

下边有圈的字必须用去声。

又如李清照《永遇乐》中的结句:

不如向帘儿底下,听人笑语。

倒数第二字必须去声,否则就不协律。这样严格的好处是词
也可以由文字本身的音韵之美独立出来,不必全赖音乐配合。但
也因过分讲求音韵之美,反而损害了词的自然美。

词的名称

词的名称,因配音乐歌唱而称"曲子"或"倚声"以外,文
人们还称之为"诗余"。这就包含了两层意思:其一,许多词调都
由诗变化而来,例如"生查子"无异于五言绝句。"浣溪沙"是由
七言绝句化出,只在第二句第四句下各重复一句。"鹧鸪天"则
由七言律诗化出,将第五句七字改为三字两句。其二,尽管词是
如此流行,而士大夫阶级总认为是诗之余绪,是不登大雅的小调,
含有轻视的意思。其实词的创作,完全是配合音乐歌唱,适应社

会需要。从律绝中脱化而出也好，另制新词也好，词和古代的乐府歌辞或唐人律绝，都是并行不悖、无分轩轾的音乐文学。

词又称"长短句"，是因为句法参差，与律绝的固定字数有别。但诗经、五七言古风也有长短句，所不同的是词是按声填入，不得任意长短。这也是词的形式特点之一。宋人词集称长短句者如辛弃疾的《稼轩长短句》，秦少游的《淮海居士长短句》等。

词的兴起，是中国诗歌和音乐密切结合的更一层进步。只可惜到了后来，乐谱丧失，词人即使按严格的阴阳四声填词，也只能就文字品味其音乐性与意境之优美了。

词的体裁与词调

词的体裁，最早的是短短的"小令"，渐渐地有"中调"。两宋之时，就盛行"长调"。据《词律》的计算，五十八字以内为"小令"，五十九字至九十字为"中调"，九十一字以上为"长调"。最短的只十六个字称"十六字令"。最长的是二百四十字的《莺啼序》。像苏东坡隐括陶渊明的《归去来辞》、辛弃疾隐括庄子的《逍遥游》用的调子是二百零二字的《哨遍》，洋洋洒洒，有如一篇散文诗。

词调亦称"词牌"，据康熙《钦定词谱》所收，共有八百二十六调，二千三百零六体①，可见词牌之复杂。每个词牌有其乐谱，词人用某词牌，只为表示其作词时所依据之某乐谱，与内容并无关联。每个词调都是"调有定句，句有定字，字有定声"，不得随意更改。押韵的位置也不同。凡是押韵之处②，都是音乐上必须停顿的地方。每调的节奏不同，停顿之处也就不同。懂得音乐的词人，就会依填词当时所欲赋的对象或情况以及自己心情来选词牌。例如贺人新婚或为闺中浓情蜜意的，可用《相见欢》《点绛唇》《眼儿媚》或《贺新郎》。贺寿的就用《千秋岁》，描绘醉态的就用《醉公子》，赋别离情绪的可用《金缕曲》③，写一种旖旎风光的可用《巫山一段云》，咏渔翁优游生活的可用《渔歌子》，怀念故乡风物的可用《忆江南》，写夜阑人静的情调可用《更漏子》，描写水仙姿态的可用《临江仙》，写重阳登高可用《高阳台》，等等。因此，凡是调名与词意符合的，可称"本意词"。但后来也往往只用调名，内容不拘了。

但也有先作了词然后再配乐谱的。例如姜白石最有名的自度曲《暗香》《疏影》，他显然是先写了咏梅花的两首长调，题目是用的梅妻鹤子隐士林和靖的咏梅诗"疏影横斜水清浅，暗香浮动月黄昏"，然后再作曲配合。这两首词实在太出名，后人凡咏梅花的，总会立刻想到此二词而予以引用。还有他的《长亭怨慢》，在

---

① 因其中有摊破、减字等变体。——作者注
② 称韵位。——作者注
③ 亦即"贺新郎"或"贺新凉"。——作者注

序文中也说是先有词后制谱的。这种先作词后作谱的好处是词意不必受拘束，可以尽情发挥。但先决条件是词人必须也是作曲家，至少是熟谙音律的，否则由别人来配谱，总觉格格不入吧。

有许多词调像《满江红》《水调歌头》《八声甘州》《六州歌头》等，一望而知是受外来乐的影响。音调必然是高亢或沉雄，宜于抒写满腔悲壮或郁结。但才气高的词人，有时戏用此类调子写儿女情长，以寄托个人难以明言的感触。例如辛弃疾的《金缕曲》："铸就而今相思错，料当初，费尽人间铁。"吴藻香的《满江红》中"翠影自怜双袖薄，病魂已约三秋老"等句，以豪放的调子写缠绵的情意，读来也别饶情味。打个比方，像平剧①中的青衣花旦反串老生武生，虽不当行，也一样出色呢。

有的词调，却是从诗句中掇取的，例如《满庭芳》取自"满庭芳草易黄昏"，《踏莎行》取自"踏莎行草过清溪"，《西江月》取自"如今只有西江月"，《玉楼春》取自"玉楼妆罢醉和春"。这些乐谱之制作，想来也是配合当时诗中所咏的情景的，可惜乐谱都已失传，后人只能于词调中想象其旖旎风光了。

乐谱失传之后，词就完全诗律化了。所谓诗律化就是只能从字句声韵方面建立自己的一套格律，这样的词谱就和近体律绝的声调谱差不多，而和歌唱完全脱离了关系，只在文字本身上发挥其音乐效果了。这类词谱的产生，最初是明朝的张綖。他编撰了

---

① 指京剧。——编者注

一本《诗余图谱》，列出各种词调，在每字边上注明平仄，用白圈表示平声，黑圈表示仄声，半黑半白圈表示可平可仄。给填词的人许多方便，但仍有不少缺失之处。到了清朝，万树又编了部《词律》，加以订正。直到康熙的《钦定词谱》，才比较完善了。

词与诗

词与诗固然是一脉相承，但二者风格迥异，诗可以直抒胸臆，词则愈含蓄愈好，诗可尽量用典，词则以少用典为上。

王国维《人间词话》以最精简的几句话，把诗与词作个比较。他说："词之为体，要眇宜修，能言诗之所不能言，而不能尽言诗之所能言。""要眇宜修"的意思，就是缠绵婉转，含蓄蕴藉。许多感情，许多意境，在诗里所不能表达的，在词里都可曲曲折折地表达出来，却又不像诗说得直率、浅显。所以说"不能尽言诗之所能言"，不是"不能"，而是"不肯"。故意使那一份低回往复之意，隐藏于字里行间，让读者深深品味，别有慧心。

现在举几个例子作为比较。杜甫有两句诗："花飞有底急，老去愿春迟。"是埋怨春天来得太快，也去得太速，春天去了，人也更老了。所以希望春天能暂时停留，含意已相当凄婉。但再看看宋词人辛弃疾的《摸鱼儿》："更能消几番风雨，匆匆春又归去。惜春长怕花开早，何况落红无数。"一连以四句反反复复地道出对春的眷恋，一份无可奈何之情，岂仅伤春而已？比起杜甫的两句诗，便显得更深远、更委婉了。一向都被引用以说明诗词之不同的是杜甫的《羌村三首》中句"夜阑更秉烛，相对如梦寐"，若以晏小山的《鹧鸪天》最后二句"今宵剩把银釭照，犹恐相逢是梦中"与之相比，则后者自较前者饶有情趣。因为"秉烛"是一种简明的叙事方式，"银釭照"却是有光有影，有闪烁的彩色，予人以鲜明形象。"相对如梦寐"是率直地说出感慨，"犹恐相逢是梦中"则是一份战战兢兢的心情，给予读者的感受自是不同。再举个例子，石曼卿的诗"水尽天不尽，人在天尽头"是连续句法，技巧已颇高妙，被他的朋友欧阳修一化开，却成了"平芜尽处是春山，行人更在春山外"，越发玲珑活泼，意味深长。

　　我想词之所以比诗婉曲多姿，还是与词的合于音律有关。歌唱能唱出心声，九曲回肠的缠绵情意必须以一唱三叹的音乐传达。晚唐的温庭筠就是懂音律的，他代歌姬作词，道出女儿家的心情。北宋的柳永更是个音乐家。温庭筠的词，收入《花间集》中有六十六首之多，是他树立了"小令"的规模，可说是草创时期的大功臣。柳永则是慢词的大师。至于周美成与姜白石，更是精通音律的大词人。姜白石曾有一首特为美人度曲的诗："自制新词韵最娇，小红低唱我吹箫。曲终行尽松林路，回首烟波十四桥。"读来令人神往。前文曾提到他的《暗香》《疏影》咏梅花词，便是他的自度曲，也是他的代表作。他的词不但本身是歌曲，就连词前面的小序，也是最精美的散文诗。作词有长序，是姜白石的特色。

词调的故事

词的大概，已如上述，现在再来说几则有关词调的凄美故事，以引起青年读者们对词的兴趣：

荔枝香：唐明皇为庆祝贵妃的生日，命乐工制新曲演奏以博贵妃欢心。曲成后想不出调名，正巧南国使臣进贡新鲜荔枝，因为贵妃是最喜欢吃荔枝的，明皇遂题名此曲为《荔枝香》。杜牧之有诗云："一骑红尘妃子笑，无人知是荔枝来。"

一斛珠：明皇自宠幸贵妃以后，不由得冷落了高洁自持、孤芳自赏的梅妃。有一天，明皇在花萼楼上忽然想念起梅妃来，正值番邦使臣进贡珍珠，明皇就命拣一斛最圆润的珍珠赐予梅妃，梅妃睹物思人，百感丛生，遂作诗一首回报明皇："柳叶双眉久不描。残妆和泪湿 [1] 红绡。长门镇 [2] 日无梳洗，何必珍珠慰寂寥。"明皇读诗后，百感交集，乃命乐工谱一曲，调名《一斛珠》。

雨霖铃：《杨妃外传》载，贵妃于马嵬坡前自缢以谢国人后，明皇悲痛万分。幸蜀时行经栈道，在霖雨中听到凄清的铃声，心中悼念杨妃，因自作《雨霖铃》曲。正是白居易《长恨歌》中所说的："行宫见月伤心色，夜雨闻铃断肠声。"杜牧之也有诗记其事："零叶翻

---

[1] 或作暗。——作者注
[2] 或作尽。——作者注

红万树霜，玉莲开蕊暖泉香。行云不下朝元阁，一曲霖铃泪数行。"

像这类诗调中所含的故事，虽千载后读之，犹令人发思古之幽情而俯仰低回不已。

厨川白村氏说："文学是苦闷的象征。"词是文学中最足以象征苦闷抑郁的。因为词的本色是婉约、蕴藉、柔媚与缠绵，尤其是"小令"。例如五代词人牛希济的《生查子》："语已多，情未了，回首犹重道。记得绿罗裙，处处怜芳草。"一对情人离别时，回过头来再三叮咛，不明言对恋人如何思念，却只说惦记她所穿的绿罗裙。惦念绿罗裙，连和罗裙颜色相似的芳草也怜惜起来了。也可以解作女的盼望对方千万别忘记她，不但不忘记，连和她罗裙一般色彩的芳草也应当怜惜。这是多么缠绵的情意，比李白的"云想衣裳花想容"含蓄得多了。又如柳永的"衣带渐宽终不悔，为伊消得人憔悴"，是何等温柔敦厚。冯延巳的"起舞不辞无气力，爱君吹玉笛"，有一份"士为知己"的高洁情操。就连"换我心，为你心，始知相忆深"，虽浅显近于口语，也比时下流行歌曲中"我爱你爱到死"含蓄典雅多了。

书至此，不禁想起数十年前恩师夏承焘先生的启迪，他说："你不一定要做词人，却必须培养一颗温柔敦厚、婉转细腻的词心。对人间世相，定能别有慧心，另见境界。正如你不必是一个宗教信徒，却必须有一颗虔诚、恳挚的心，才能多多体验人情，观察物态。"

诗和词，是文学中语言最精美的，也是情操最温厚的，愿我们在欣赏诗词中，培养一颗精美温厚的灵心吧！

玉炉香，红蜡泪
——温庭筠（飞卿）

诗到了晚唐，辞藻越来越绮丽，内容越来越含蓄，音调也越来越铿锵。当时的代表作家就是温庭筠与李商隐，号称温李[①]。我们姑不论温庭筠的诗是否足以与李义山抗衡，他在词上的成就与贡献却是远远超过他的诗的。他的词，细腻地描绘了女孩儿的姿容，委婉地传递了她们的心声。他又懂音乐，作词的音调格外美，大大地为舞榭歌台的歌姬和民间妇女所欢迎。因此他的产量最丰富，用的词调也最多，一时声名大噪。他也成了创造五代艳词的第一人。

温庭筠，名岐，字飞卿。山西太原人。或说他本名"庭云"，因屡试不第，落拓江淮间时，他的一位表亲曾资助过他，他却把金钱统统花在歌场中，亲戚生气地用竹鞭痛打了他一顿，他狼狈离去后，即将自己的名字"云"改为"筠"字，以"筠"从"竹"，

---

① 还有一个段成式，则称"三十六体"，因三人都排行十六。——作者注

用以纪念被竹鞭所鞭笞的耻辱。此传说也未知可信否？他的生卒年月不能十分确定，约当公元 820 至 880 年之间，活了六十多岁。

他的身世很坎坷，父亲曾做过一任不算小的官，却为宦官所杀害，母亲又改适他人，使他童年的心灵上蒙了一层阴影。其实他自幼非常用功，天资又聪颖过人，曾随名诗人刘禹锡学字学诗，还拜过崔能以及当朝宰相李德裕为师。崔能是柳公权的母舅，因此柳公权也很赏识他，和崔能都愿好好提拔他，曾推荐他任礼部员外郎之职。他要好好做官的话，背景不算不好。他初到京师时，名震公卿。他才思敏捷，作诗不必起稿，只要靠在案头稍作沉思立就，故被称为"温八韵"。又能双手叉八下便成，也称"温八叉"。他因而常常为考生做枪手，被监考官逐出考场，自己也一直中不了试。李德裕起初虽对他不错，但因朝廷中起了一次"甘露之变"，谋杀宦官，温庭筠痛恨宦官，因而也卷入了旋涡。李德裕为了保护自己，就不再理会他了。这可能是注定他仕途不遇的主因。

其实他的朋友令狐滈的父亲，是当朝权要令狐绹，对他原很重视，曾让他住在府第之中，向他讨教诗文。他却出言傲慢，并讥讽令狐绹不文，说是"中书省内坐将军"，意谓一个为朝廷理政事的文职机构如何用个武官，使令狐绹非常难堪。宣宗特别爱好《菩萨蛮》这个词调，令狐绹就请飞卿代作几首呈上，宣宗极为赞赏。飞卿竟到处宣扬那些词是他作的，说来也真有亏友道。令狐绹因尽量提拔同姓之人，许多姓胡的也来冒充。飞卿又作诗讽刺他说："自从元老登庸后，天下诸胡也带令。"令狐绹忍无可忍，乃在皇帝前奏他"有才无行",把他撵出府去。他与当道者交恶,功名自是无分,还作诗自叹道:"赋分知前定,寒心畏后诬。积毁方销骨,微瑕惧掩瑜。"可见他的怪癖自负。他从此越发放浪不羁,时常在酒肆中酪酊大醉,酗酒滋事。有一次被一个军人打得头破齿折,告诉无门。即使暗中同情或钦慕他的士子们,也都躲得他远远的。他相貌又奇丑,大家因而赠他个"温钟馗"的雅号。真所谓:"君子恶居下流,天下之恶均归焉。"

　　一种被歧视冷落的孤绝感,使他索性浪迹长安、襄阳、扬州等大城市里,沉醉在酒绿灯红中,以游戏人间的态度与热闹的官场相对抗。以他的文采,对歌场中千娇百媚的女性,写来自是丝丝入扣。歌姬们对他的青睐,也算弥补了他心灵的空虚了。《旧唐书》本传说他:"士行尘俗,不修边幅。能逐弦吹之音。为侧艳之词。"这真是他潦倒生涯的写照。而他自认为的不幸,反而促成了他在侧艳之词上的贡献。

　　平心而论,飞卿对五代小令形式的奠定和承先启后之功是不可磨灭的。后蜀的赵崇祚编《花间集》,包括唐五代十八家的词,一共五百首,温飞卿的就占了六十六首,为《花间集》的第一位。如果他的《握兰集》和《金荃集》没有失传的话,留给后代的作品当更为可观了。

　　让我们先来欣赏他的代表作之一的《菩萨蛮》:

　　小山重叠金明灭,鬓云欲度香腮雪。懒起画蛾眉,

弄妆梳洗迟。 　照花前后镜，花面交相映。新贴绣罗
襦，双双金鹧鸪。

整首词写一个美人早上起来，闲闲地、懒懒地、无情无绪地
梳妆的神态心情。从绣阁的屏风迎着太阳的金光闪闪，写到美人
的鬓发、香腮、眉毛，然后用一个"迟"字点出她的慵懒姿态。
看去是形容词与名词的重叠堆砌，而美人的姿容与绣房中气氛自
现。下片极力在寂寞孤单上用笔，却没有"悲伤""孤独"这些表
面上的字眼。相反地，他写的是镜中的玉容，玉容与花的交映，暗
示顾影自怜。崭新的绣罗襦，想见它的绚灿夺目，罗襦上绣的是金
鹧鸪，一对闪闪发光的金鹧鸪，与上片的"金明灭"遥相呼应。这
些绚丽光彩的字眼背面，所反衬的却是一颗寂寞的心。"双双金鹧
鸪"正是反衬闺中人的孤单。知音何处，孤芳自赏，她焉得不迟迟
地弄妆，慢慢地打发时间呢？"弄"字和"迟"字都写得极为传神。
　　且来引一首《梦江南》作比较：

　　梳洗罢，独倚望江楼。过尽千帆皆不是，斜晖脉脉
水悠悠。肠断白蘋洲。

此词是设身处地，完全以女性口吻，写出离人思妇望眼欲穿
的情怀。第一句"梳洗罢"，由动作点明时间是早晨。女为悦己者
容，着意梳妆以后，唯一盼望的是伊人归来。可是独倚望江楼上，

眼看千帆过尽，却不见伊人踪影。"千帆"不但形容数不尽的船儿，更表示一份迫切的心情。在她心目中，每一艘帆船都骗了她，都害她白盼一阵，白等一场，越是焦急，越感到帆船一艘一艘地过得好多，却没有一艘是载着伊人归来的。柳永词"想佳人妆楼颙望，误几回，天际识归舟"正是由此句化出，而词意更为曲折。这位思妇，孤孤单单地从大清早盼望到傍晚，脉脉的斜阳，悠悠的流水，都将无声地逝去，无可挽留，暗示宝贵的青春无法长驻。以眼前景色，注入伤春之意，是写景也是比喻。尤令人肠断的是斜阳外一片荒冷的白蘋洲，象征着极度的空虚与绝望。

全首词除"肠断"二字以外，用的都是含蓄蕴藉之笔，"脉脉""悠悠"四字写的是斜阳流水，象征的却是离人落寞的心情。写景显而写情隐，梅圣俞所谓"状难言之景，如在目前，寄不尽之意，见诸言外"，正是词最能发挥的妙用。

此词虽不失含蓄蕴藉的本色，但比起他的《菩萨蛮》与《更漏子》诸阕，却是疏淡得多了。

《菩萨蛮》与《梦江南》的不同，就有如工笔与素描的异趣。前者浓密，后者疏淡。前者写梳妆用了四十四个字，后者只"梳洗罢"三个字。前者只客观地勾画外在的形象，后者则主观地判断内在的心理。此所以前者只以"双双"暗示孤单，而后者明白地点出"肠断"二字。前者重色泽，后者重意境。前者描绘的事物只局限于绣阁之内，美人梳妆的神态，极力渲染色泽。而后者则以风帆、斜晖、逝水来烘托出意境。因作者对事物的观照着眼不同，表现形式自异。其实，二者并无优劣之分，只是情趣不同，效果不同，端在读者的爱好而已。二者也有相同处，那就是都属直线进行顺序，情调都是统一而连贯的。前者代表温词的绵丽一面，是他的本色。后者表现他疏淡的一面，是他的例外。可说是各有千秋，无分轩轾。

再引一首《更漏子》，是绵丽与疏淡的混合，以见得他风格的多面：

　　玉炉香，红蜡泪，偏照画堂秋思。眉翠薄，鬓云残，夜长衾枕寒。　　梧桐树，三更雨，不道离情正苦。一叶叶，一声声，空阶滴到明。

这是一首写秋景的词，由景写到人。上片绵丽，下片疏淡，由客观而主观，取得一致的交融。词中如"玉炉""红蜡""画堂""眉翠""鬓云""衾枕"等都是旖旎绚烂的字面，而"泪""薄""残""寒"等字却点出了愁思的浓重，情调是非常一致的。以艳丽反衬凄清正是他一贯的作风。第一句一个"香"字已使全词充满了迷蒙的气氛，与下片"三更雨"遥相呼应，"偏"字也下得非常着力，有一份无可奈何之意。下片明写离情，用的便是疏淡之笔，与《梦江南》的笔调相同，陈廷焯《白雨斋词话》说："飞卿更漏子三章自是绝唱。……梧桐数语用笔较快而意味无上二章之圆，以此章为飞卿之冠，浅视飞卿者也。"似乎只欣赏飞卿绵丽客观的一面，而忽略了绵丽与疏淡的交错变化之美。我却认为此词落笔极自然，由景而情，由密而疏，上下片相映成辉，益见得情调的一致，设身处地感情之真切。

欣赏了上面三首词，可得一综合印象是：

一、字眼的色彩浓丽，词句的组织严密。刘融斋赞他"精美绝人"，周济赞他如"严妆美人"，说得相当精当。

二、以纯客观态度，观察女性体态神情，把个人感情完全隐藏起来，正是他含蓄的技巧。

三、词中多用各种名物，重重叠叠地烘托出一种气氛。这气氛，有的是寂寞，有的是悲凉，有的是于繁华热闹中透着寂寞与悲凉。正如他的诗"鸡声茅店月，人迹板桥霜"，十个字六样名物，写的是征人辛苦寂寞之情，却没有加一个主观的"悲"或"愁"字。又如他的词"新贴绣罗襦，双双金鹧鸪"，是那样的旖旎富丽，可是反衬的是闺中少妇的寂寞孤单，这就是他的才思独到之处。

王国维并不怎么欣赏他，评他的词与韦庄的词不同处，就引了二人自己的词作比。说飞卿词有如"画屏金鹧鸪"，韦庄的词有如"弦上黄莺语"。那意思就是说画屏上的金鹧鸪尽管精美艳丽，却是没有生命的人工绣出来的禽鸟。而弦上的琴音好像黄莺的歌唱，那是活的，跳跃的，给人的感受自是不同。

王国维的评论，我觉得未必中肯。温词有许多意识跳跃错综之处，绝非"画屏金鹧鸪"五字所能涵盖，就拿包含"画屏金鹧鸪"这一句的《更漏子》来看吧：

柳丝长，春雨细，花外漏声迢递。惊塞雁，起城乌。画屏金鹧鸪。　　香雾薄，透重幕，惆怅谢家池阁。红烛背，绣帘垂。梦君①君不知。

"柳丝""春雨"的绵延不断，当然象征的是愁或相思之苦。"漏声"点明时间是深夜。"花外"与"迢递"暗示人在室内闺中，这三句倒还是一贯的顺序。下二句却忽然跳到塞上的雁群和城头的乌鸦。第六句又回到室内，屏风上画的金鹧鸪。三种不同的鸟，在他心中构成一个错综的意象，勾起他不同的情绪反应。塞雁的凄惶、城乌的悲苦和画屏上金鹧鸪的无知无觉，正是强烈的对比。而塞雁与城乌究竟是自由飞翔的，金鹧鸪却是动弹不得的，这又是一动一静的一层对比。下片的"香雾"可指女性，也可指回忆里当年暖室中香雾弥漫的情景。因下句有怀念"谢家池阁"的惆怅。可见他的思维又跳到以前。最后三句再回到现在。"画屏金鹧鸪"的环境中，还有"红烛"与"绣帘"。"背"字非常精妙，室中人，不是面对红烛，而是背转脸去，显得无限哀怨，因为"梦君君不知"。揣摩女性心态刻画入微。

再看他的另一首《菩萨蛮》：

---

① 或作梦长。——作者注

水精帘里颇黎枕。暖香惹梦鸳鸯锦。江上柳如烟。雁飞残月天。　藕丝秋色浅。人胜参差剪。双鬓隔香红。玉钗头上凤。

这首也是写的美人梳妆和春愁，而笔法与"小山重叠金明灭"的那首完全不同。前首是顺序而下，整首写梳妆。此首却是意识跳跃，为温词中相当费解的一首。"水精帘""颇黎^①枕""鸳鸯锦"仍是重重叠叠绮丽耀眼的名物，点染闺中的华丽。三、四两句忽然写到江上一片凄清景象。表面上似全不相关，我仔细琢磨起来，却有几种可能：

一、梦境。第二句中锦被原当惹起香梦，而梦见的却是冷清清的江上，故意给人一番失望。一觉梦回，又见美人穿着秋色的藕丝薄衫，头上戴着长长短短的"胜"字^②，香红是两颊的红晕。玉钗摇曳如有微风吹拂。

二、回忆往日孤孤单单在江上冷冷清清的日子，如今幸得又相厮守了。

三、女的怀念远人，此时他是否一个人孤孤单单在江上漂零。

四、意识流的时空跳跃，由一个鲜明的情景，陡然联想到另一个鲜明的情景，笔下不禁将其交融在一处。像一幅现代画似的朦胧，使读者一时无法追踪。而仔细体味，神理脉络自存。俞平

① 即玻璃。——作者注
② 正月初七日为人日，妇女剪"胜"字戴鬓间。——作者注

伯《读词偶得》中欣赏此二句说："譬之双美，异地相逢。一朝绾合，柔情美景，并入毫端。固未易以迹象求也。"评得虽嫌抽象，也还是以他的解说最有情味。但也并不排斥其他几种看法。正如李义山的《锦瑟》诗中"沧海月明，蓝田日暖"究何所指，总在扑朔迷离之中，亦不必深深追究了。

后人有的批评温词只写儿女情态与歌场的悲欢，缺少对家国的重大感慨，这倒是对他苛求了。五代小令是词的初期，本来只是写儿女私情，不能与两宋词相提并论。何况飞卿只是个失意的词人，于咏美人芳草、伤离怨别中，至多包含一份自悲沦落的哀伤气氛以及他对女性柏拉图式的爱慕之情而已，何来重大的家国感慨？

有的批评家，像周济说他"全祖《离骚》"，陈廷焯赞他"前身合是屈灵均"，又未免捧得过分。周济解释他的二首《更漏子》中："塞雁、城乌、金鹧鸪是苦者自苦，乐者自乐。兰露、柳风、落花是盛者自盛，衰者自衰。"张惠言为了挽救空疏之弊，把温词的许多首都解释得句句有寄托。说"小山重叠"那首《菩萨蛮》是感士不遇。都是过分地牵强附会，反而损害了五代小令的一派天真。须知五代词不比北宋末期与南宋词，绝无"有寄托入，无寄托出"的功夫。温词即使有晦涩难解之处，也只是文字上技巧，所表现的都不外乎那一点浓情蜜意。

但无论如何，温庭筠是晚唐至五代唯一有成就的大词人。他使小令臻于唯美文学的最高地位，是无可否认的。称他为"花间鼻祖"亦可当之而无愧吧！

寂寞梧桐深院锁清秋
——李煜（后主）

无言独上西楼，月如钩。寂寞梧桐深院锁清秋。

剪不断，理还乱，是离愁。别是一般滋味在心头。

这是李后主的《相见欢》词。这位终日以泪珠洗面的亡国之君，孤孤单单地在西楼上，望着一钩残月，它的淡淡光辉，洒落在静院中的梧桐树上。夜深了，秋也深了。他如乱丝般的万斛离愁，又有谁可以倾诉呢？梧桐是无知的，被锁在深院之中，也会感到寂寞。树犹如此，人何以堪？这是他被俘北上以后的词，真是一字一泪，读之令人酸鼻。

后主是一位情圣，也是一位词圣，只是错生在帝王家，无端受尽暴风雨的摧折，以致饮恨而终。四十二岁的短促生命，只留下四十余首词。可无论是他前期的词，写江南的风韵闲情、宫中的赏心乐事；或后期的词，写幽禁中的凄凉岁月与亡国之痛，首首都是至情至性的永恒不朽之作。现在让我来一面叙述他的身世，一面和读者们共同欣赏他的几首有代表性的词。

李后主，名煜，字重光，是中主李璟的第六子，也是南唐的最后一个皇帝。南唐本是五代十国中最强盛的一国，到了李璟晚年，被后周几次南侵，国势日弱。到不幸的李煜二十五岁即位金陵时，南唐已只是个半独立的国家。这时，中原的宋太祖赵匡胤更步步进逼，逼得他把南唐的国号都取消了，只自称"江南郡主"。

国事日非，李煜虽有心振作，怎奈百官不肯尽忠，强邻迫境，还骗他长江天堑，宋兵不能飞渡。忠厚的他，于围城之时，还在净居寺听沙门德明讲《楞严经》。有一天，他登城眺望，才知道宋兵已经围了石头城。可怜他只得带着百官眷属，肉袒投降于敌人的军门之前了。

在江南偏安的十五年帝王生活，李后主沉醉在轻歌妙舞的象牙塔中，享尽人间艳福。他的周皇后小字娥皇，大他一岁，十九岁和他结婚。是位美貌的全能艺术家，能歌、善舞，且会度曲、填词，夫妻唱和之乐，真是只羡鸳鸯不羡仙。后主有一首《一斛珠》词，就是描写她的娇羞神态的。原词如下：

> 晚妆初过，沈檀轻注些儿个。向人微露丁香颗。一曲清歌，暂引樱桃破。　　罗袖裛残殷色可，杯深旋被香醪涴。绣床斜凭娇无那。烂嚼红茸，笑向檀郎唾。

《一斛珠》词中的"沈檀"，有两种解说，一说是画家七十二色中的檀色。所谓"檀画荔枝红"即是。一说是香的一种。李后主宫中有几十种香，沈檀是用沈香、丁香、檀香、麝香，研碎后，和以梨汁，制成香料，放置在银盒中，可以撒在珠纱帐内，也可以含在口中。我认为后说较合词意。

"些儿个"是"一些些"。以口语入词，和李清照一样，故被称为"词家二李"。小巧玲珑的丁香如鸡舌，形容美人的舌尖之小，樱桃是描写她的嘴儿既红且小。求她唱一曲清歌，为的是要引那颗樱桃初破。这是多么生动，又是多么典雅。罗袖上的残红，是唇上的胭脂被杯中的酒化开了所沾染上去的。她浅醉微酡，娇羞无力，斜倚在绣床边，用"无那"二字形容，最是微妙。三分醉意，将嚼烂的红茸，唾向檀郎，这是何等的旖旎风光。

可惜这么一位如花美眷，二十九岁就死了。后主的伤心可知，他写了一篇诔辞焚化给她，自称"鳏夫煜"。其实他倒不是鳏夫，因为这位风流皇帝，在周后生前就偷偷恋上小姨子。周后去世后，她便被册封为后，为了别于已死的周后，被称为小周后。小周后是位比姐姐还要美的小美人儿，才华双绝，随着姐姐在宫中，早已对英俊多才的姐夫钟情。后主的一首《菩萨蛮》，把他们的幽会情形，描绘得淋漓尽致。

花明月暗飞轻雾，今宵好向郎边去。刬袜步香阶，手提金缕鞋。　画堂南畔见。一向偎人颤。奴为出来难，教君恣意怜。

花间飞着轻雾，益显得淡月朦胧。这正是约会情人的"好"时光，生怕步履声被人发觉，乃把金缕鞋提在手中，只穿开口袜悄悄步上香阶。在画堂南端，他俩紧紧相偎依，说不尽的蜜意浓情。粉红色的幸福日子太短暂了，李煜三十九岁那年被宋将曹彬所虏，带到开封。从此就由天堂落入地狱，开始了他坎坷惨痛的岁月。

他离开金陵，船到江心，正值天降大雨，在泪水和雨水中他遥望巍峨的石头城，写了一首诗：

江南江北旧家乡，三十年来梦一场。

吴苑宫闱今冷落，广陵台殿已荒凉。

云笼远岫愁千片，雨打归舟泪万行。

兄弟四人三百口，不堪闲坐细商量。

语意无限沉痛。可是悔恨又有什么用呢？他已成了宋主的阶下囚，被加上一个表示万分侮辱的封号"违命侯"。

宋太祖曾问他在江南时有何得意之作，他想了一会儿，吟出他《咏扇诗》中的二句："揖让月在手，动摇风满怀。"太祖听了笑笑说："好一个翰林学士。"意思是讥讽他只配做个文人，不会治理国家。宋太祖随即念了自己的两句诗给后主听："未离海底千山黑，才到中天万国明。"这表现的是一位开国皇帝的磅礴大气。

李后主背着这个难堪的封号，直至宋太宗接位，才改封为陇西郡公，以示宽厚。表面上他是官升一级，实际上他的精神更痛苦，更不自由。他在给江南故人书中说："此中日夕，只以眼泪洗面。"亡国之君的沉痛心情，可以想见。他有一首《破阵子》词，追叙辞庙北上的情景：

　　　　四十年来家国。三千里地山河。凤阁龙楼连霄汉，玉树琼枝作烟萝。几曾识干戈？　　一旦归为臣虏，沈腰潘鬓消磨。最是仓皇辞庙日，教坊犹奏别离歌，挥泪对宫娥。

　　四十年和三千里，一段悠长的时间，一片广阔的空间，沉雄的笔力，写出无限酸辛幻灭之感。豪华的凤阁龙楼，玉树琼枝，都已成过眼烟云，当时哪里识得干戈的残酷无情。下片以"一旦"二字，急转直下，沈约的腰瘦了，潘安的双鬓白了。最伤心的是辞庙时的别离歌声和宫人们的婆娑泪眼，一直永远地浮现在他眼前。

　　这可能是北上后的第一首词。苏东坡在《东坡志林》内曾讥讽他不恸哭于九庙之外，却挥泪对宫娥，真是个地地道道的亡国之君。后主本来不该做皇帝，是天公有意捉弄人。对国家来说，他是个大罪人；对词来说，他却是个大功臣。王国维说他："生于深宫之中，长于妇人之手，是人君所短处，亦即为词人所长处。"因为词是心灵的产物，主要是一个真字。后主单纯的生活，使他保有一颗赤子之心，所以他的词自然、坦率，毫无扭捏做作之态。亡国后，他的词境更高，首首都是血泪文学，也是他所写的词中的精华。王国维说"词至后主，眼界始大，感慨遂深"，也就是此意。

让我们再来欣赏他的一首北上后的词《清平乐》：

> 别来春半，触目愁肠断。砌下落梅如雪乱，拂了一身还满。　　雁来音信无凭，路遥归梦难成。离恨恰如春草，更行更远还生。

暮春时节落似雪，他独个儿痴立花前，低回怅惘。"乱"字写花，其实写自己的心。"拂了一身还满"是折腰句法，前四字一顿，正显得他心情的沉重。满身的梅英，本来是极美的，在伤心人眼中却徒然引起伤感，他把花瓣拂去了，偏偏又落满一身。此句有抑扬顿挫之致。下片以"雁来"和"归梦"相对比，雁不能带书来，路远又难成归梦，内心的哀怨是不可言喻的。这和他另一首《浪淘沙》中的"梦里不知身是客，一晌贪欢"一样的沉痛。他只希望在梦中回到江南，有时连梦也梦不到，即使梦到了，也只是享受霎时的欢乐，从梦中回到现实后更加倍地感觉空虚痛苦。他用春草来比喻离恨的无穷，末句"更行、更远、还生"，一句三折，以外界景物，来描述自己内心境象，笔法是出神入化，读来却无限凄怆。

从这首词中，我们可以体会后主的惨痛岁月是如何地难以度过。在《浪淘沙》中，他绝望地叹息："流水落花春去也，天上人间。"他恍恍惚惚地自问当年是否在天上，今天是否还在人间。在《乌夜啼》中，他注定了自己的悲苦命运，说："自是人生长恨水长东。"

最不幸的是他吞声饮泣地作词，仍不能免于宋太宗的猜疑。他的《虞美人》中的两句"小楼昨夜又东风，故国不堪回首月明中"，竟给他招来杀身之祸。《虞美人》是他最悲愤的作品，太宗因他有"东风""故国"之思，怀疑他有复国的意图。到了七月七日，后主又为他自己四十二岁的生日，大张筵席，笙歌达于户外，越发触怒了太宗。太宗遂命人下牵机药在酒中，把后主毒死了。

事实上，太宗杀害后主，早就有了不可告人的动机，"东风""故国"之句，只是"欲加之罪，何患无辞"的借口而已。这个动机，却是为了那个小周后。小周后随后主北上以后，被封为郑国夫人。依照宋朝礼制，必须随朝廷命妇入宫向太后、皇后请安。可是小周后每次入宫，即被留下数日，回到后主身边就哀哀哭泣不止，可见她的内心有难言之痛。后主是个多情种子，在政治上遭受失败，他已难以忍受，在爱情上再受此凌辱，实非他所能堪。所以后主只得借狂歌酗舞来麻醉自己，却又不能见容于太宗。后人有诗悲悼小周后云：

> 命妇随朝掩泪光，虚闻龙衮记兴亡。
>
> 画师自有春风笔，不写秋心入汴梁。

一代大词人李后主，从此结束了他惨痛的一生，消息传到江南，父老们都痛哭失声。

李后主在江南时的词是绮丽婉约，纯真典雅。北上以后，乃转为悲壮凄厉，所谓"亡国之音哀以思"。不幸的遭遇，使他的词更臻于登峰造极之境。和李清照一样，坎坷的命运，造成他们词坛上不朽的地位。真是"国家不幸文章幸，赋到沧桑句便工"。

纳兰成德赞美他的词"饶烟水迷离之致"。王国维说他的一颗"赤子之心""俨然有释迦基督担荷人类罪恶之意"。可见他的词对后代影响之深了。

杨柳岸晓风残月

——柳永

提起柳永，这位原名柳三变的北宋大词人，我们就会轻轻唱出他的名句："今宵酒醒何处，杨柳岸晓风残月。"而那一缕柔媚婉约中带着苍凉的情调，亦自萦绕心头。当时人说，他这两句词要请十七八岁的女郎执红牙板歌唱，而苏东坡的"大江东去，浪淘尽，千古风流人物"[①]却要由关西大汉，鼓铜琵琶与铁绰板来高歌才够味。这话只是表示两人作风的不同，却不是说柳不如苏。而且柳永精通音律，能自己作曲。他对于慢词[②]的倡导，还多少影响了苏东坡与他以后的许多词家。所以他在词坛上，与东坡的地位是无分轩轾的。

在欣赏他的词以前，让我先介绍一下他的身世与一些关于他在作词方面的有趣故事。

柳永字耆卿，福建崇安人。原名三变。登了进士第以后，因

---

① 《念奴娇》中的名句。——作者注
② 即长调。——作者注

为想做大一点的官，恐怕三变这个名字给人印象不佳，故改名永。可是他最大的官，也只做到屯田员外郎。所以后世称他柳屯田。他一生穷困潦倒，死后还是一群歌妓凑点钱，把他葬在襄阳城南门外，每年清明去祭扫一次，谓之"吊柳七"。仕途坎坷的风流名士，总算得到了几个红粉知音。

他生当北宋全盛时代，那时中原无事，汴京歌舞升平。性情浪漫的他，自然是出入歌坛舞榭。以他的聪明，委婉曲折地体会了歌妓们的生活，又采用教坊俚语，谱入新声，道出了女儿家的心意。所以他的词格外受人欢迎。一首词作成，立刻传诵一时。叶梦得《避暑录话》中说，西夏来的使节回去说："凡有井水饮处，都能歌柳词。"可见柳词流传之广。

当朝的仁宗皇帝，是一位酷爱音律的君主，他本来很喜欢柳三变的词，每次对酒，必令侍妓歌唱。三变知道了当然很得意，就作了首《醉蓬莱》奏呈，谁知词中有一句"宸游凤辇何处"，恰巧与皇上挽真宗的词暗合，仁宗心里很不愉快。再念到"太液波翻"四字，仁宗觉得"翻"字不吉利，说："何不言太液波澄呢？"便将词扔在地上，从此再不唱三变的词了，这真是弄巧成拙。

三变又有一首《鹤冲天》，内有句云："才子词人，自是白衣卿相……风流事，平生畅。青春都一晌。忍把浮名，换取浅斟低唱。"此词传入禁中，仁宗嫌他浮艳，更是不高兴。后来三变应试，仁宗批道："且去浅斟低唱，何用浮名。"从此再也做不上大官。他幽默地自嘲为："奉旨填词柳三变。"

他不但受皇帝的冷落，也受当朝宰相的冷落。有一次，他去见宰相晏同叔，同叔问他："你作词吗？"他回答："你不是也作词吗？"同叔说："我虽作，却没有像你那种'针线慵拈伴伊坐'的句子。"三变默然而退。"针线"一句，见三变《定风波》词最后几句："镇相随，莫抛躲，针线慵拈伴伊坐，和我，免使年少光阴虚过。"晏同叔讥他写得太艳。

事实上，这位堂堂宰相自己又未尝不写艳词？他的"鬓蝉欲迎眉际月，酒红初上脸边霞，一场春梦日西斜"，岂不也一样的旖旎风光。副宰相欧阳修也有"舞余裙带绿双垂，酒入香腮红一抹"的句子，描写歌场的寻欢作乐。连"乐以天下，忧以天下"的范仲淹，都有"酒入愁肠，化作相思泪"的儿女缠绵之态，为什么对穷愁潦倒的柳三变，反而嘲笑他写真情流露的词呢？这实在是不公平的。

真正说来，柳三变才是傻里傻气的性情中人，惟其如此，他才会触怒了皇上，冒犯了宰相，也注定了他一生"落拓江湖载酒行"的命运。王国维《人间词话》中说："主观之词人，入世不深，感情愈真。"这话正可以说明潦倒的柳三变，他如果老于世故，词也许不会作得那么好，官场却可以得意了。

柳三变是寂寞的，知音很少。他非常渴望友情。在杭州时，他很想与知县孙何结为布衣之交，却无机缘见面，他就作了一首描写钱塘风物的《望海潮》，拜托名妓楚楚，借她的朱唇替他在孙何面前歌唱。中秋佳节，楚楚真的替他在宴会上歌唱了，孙何立刻引见了他。三变在这首词中描写西湖的名句是："三秋桂子，十里荷花，羌管弄晴，菱歌泛月。嬉嬉钓叟莲娃。"竟曾激起金主完颜亮渡江南下的野心，可见他描写得生动。

现在让我们来欣赏他这首脍炙人口的《雨霖铃》：

　　寒蝉凄切，对长亭晚，骤雨初歇。都门帐饮无绪，方留恋处，兰舟催发。执手相看泪眼，竟无语凝噎。念去去，千里烟波，暮霭沉沉楚天阔。　　多情自古伤离别，更那堪，冷落清秋节。今宵酒醒何处？杨柳岸晓风残月。此去经年，应是良辰好景虚设。便纵有千种风情，更与何人说？

《雨霖铃》词牌是个悲伤的调子。唐明皇避安史之乱，在蜀道中夜雨闻铃，悼念贵妃，因采其声为《雨霖铃》曲。三变用这个调子写别离之情，是非常恰当的。

折柳分襟的长亭，本来就是引人伤感的地方，更何况骤雨初晴，蝉声凄切，这一片秋景，还未别离，便已断肠，气氛渲染得非常好。在京都门外，设下帐棚，饮的是送别的酒。万种留恋，怎奈无情的舟子催促启程，记得周邦彦写别离词有句云："花骢会意，纵扬鞭也自行迟。"花骢①也善解人意，故意迟迟不走，让两个

---

① 马。——作者注

难舍难分的情人多倾诉几句，比起这个船夫聪明多了。被船夫一催，他们不得不分手，彼此泪眼相看，反而说不出一句话来。缠绵悱恻，刻画精微。别离真是件令人黯然销魂的事，连道学先生朱晦庵都写出深情款款的诗句："无言便是别时泪，小坐强于去后筬。"正是与此同样心情，怎奈少留也留不住呢？

"念去去"三字以下，笔势凌空飞舞，全是送别的人想象中的情景：船儿开后，一路上烟波迷离，水天辽阔，转眼又是暮霭四合，沉沉地笼罩了一叶孤舟。这"暮"字正与前面的"晚"字相呼应，征人的舟车停泊都在薄暮时分，情景格外凄凉。句末着一个"阔"字，点出四顾苍茫，与他更是山遥水远了。过片第一句故意推开说自古多情之人哪个不伤别，"更那堪"三字却又拉回，进一层说在冷落的清秋节别离，伤心更甚于常情。

接着又挂念他舟系何方，酒醒何处。"杨柳岸晓风残月"又是想象中情景，一种凄清，也象征了自己的"离人心上秋"。此句似脱化于韦庄的"怅惆晓莺残月"，但尤为幽远洒脱，此所以成为千古名句。"此去经年"以下，更由今宵的乍别，想到以后的孤单岁月，良辰美景与谁共享？真是"自伯之东，首如飞蓬"。虽有千种风情，亦无人可以诉说。余恨无穷，读者亦为之黯然神伤。

这是一首婉转缠绵的词，代表着柳永的本色。秦少游讥讽他太艳，三变说："你的'香囊暗解，罗带轻分'不也很艳吗？"此二句见少游《满庭芳》。少游最服苏东坡，自谓少作儿女态，他的"斜阳外，寒鸦数点，流水绕孤村"，自是蕴藉典雅之句。可是最为人传诵的还是这首《满庭芳》。时人将此词第一句与柳永合成一联道："山抹微云秦学士，晓风残月柳屯田。"

有一次，一个文士在宴会上没有受人注意，他大声地喊道："诸君莫小看我，我是山抹微云的女婿。"大家才另眼相看。关于"山抹微云"另有一个有趣的传说：当时著名歌妓琴操在一个宴会里吟咏少游的这首《满庭芳》，一开头，把"山抹微云，天黏衰草，画角声断谯门"误吟作"画角声断斜阳"，有人笑着纠正她错了韵了，并问她能否一路错到底。她想了一下，便一直地改为七阳韵。由此可见当时士大夫冶游风气之盛，不但男士们文采风流，连妓女都是才华不凡的。至于文人与歌女之间的雅谑，原很平常，又何独苛责于柳永呢？

柳词的特色是通俗、真挚。他以白描手法，刻画男女间的爱情，也描绘了酒绿灯红中的繁华情态。但他并不只会一味的缠绵，他也能以壮阔的山川风景、严肃的笔触，衬托出天涯游子的羁旅心境。现在来读下面这首《八声甘州》：

> 对潇潇暮雨洒江天，一番洗清秋。渐霜风凄紧，关河冷落，残照当楼。是处红衰翠减，苒苒物华休。惟有长江水，无语东流。　　不忍登高临远，望故乡渺邈，归思难收。叹年来踪迹，何事苦淹留？想佳人、妆楼颙望，误几回、天际识归舟。争知我，倚阑干处，正恁凝眸。

上半阕以雄健之笔，写苍凉秋景，一气呵成。试以"霜风凄紧，关河冷落，残照当楼"三句与"杨柳岸晓风残月"比较，不像出自一人手笔。苏东坡一向鄙视他，也不能不赞叹说："唐人佳句，不过如此。"

接下去是"红衰翠减"四句，写眼前景物凋残。以无语东流的江水，象征逝去的年华，也象征无穷的离恨。下片由景转情，写出游子他乡的落寞心情。"想佳人妆楼颙望，误几回天际识归舟"一句是全篇警语，因为实际上是旅人思念故乡的佳人，却从对面写来，说佳人在妆楼上多少次望眼欲穿地认错了归帆，佳人多少次的失望，也就是游子多少次的失望。他借谢朓的"天际识归舟"加"误几回"三字便觉生动非凡。

这种曲折回旋的笔法，与杜甫的月夜诗"今夜鄜州月，闺中只独看。……香雾云鬟湿，清辉玉臂寒"，王维的重九诗"遥知兄弟登高处，遍插茱萸少一人"，都是从对方写来，有异曲同工之妙。也颇吻合现代文学时间与空间错综跳跃的意识流境界。所以特别值得欣赏。

前文说过，柳永倡导慢词，奠定了长调的基础，使歌唱新词的风气更为普遍，无形中培养了民间的文学气息。《宣和遗事》中记载，徽宗皇帝于上元节张灯，允许士女参观，并各赐酒一杯。一个女子饮了酒把金杯偷偷地藏起来，被卫士发现了，押到皇帝面前。那女子却不慌不忙，随口唱出一首《鹧鸪天》："月满蓬壶彻夜灯，与郎携手至端门。贪看鹤阵笙歌举，不觉鸳鸯失却群。

天渐晓，感皇恩，传宣赐酒饮杯巡。归家恐被翁姑责，偷得金杯作照凭。"皇上听了大为高兴，不但把金杯赐给她，还命卫士护送她回家。

这一段佳话，说明了当时社会文风之盛与民间的悠闲享乐。宰相之子的晏小山，也唱着"彩袖殷勤捧玉钟，当筵拼却醉颜红"的绮丽之词，度着"舞低杨柳楼心月，歌尽桃花扇底风"的美丽春光，可见恣情于歌台舞榭的，并不止柳永一人。

柳永有《乐章集》传世，《四库提要》说词至柳永一变，如诗家之有白居易。词至苏轼又一变，如诗家之有韩愈。以东坡比韩愈不一定恰当，而柳永"我手写我口"的白描词，与对长调的发展，在词学的贡献正不亚于白居易创新乐府对于诗的贡献哩。

夕阳西下几时回

——晏殊（同叔）

北宋初年，作词的风气一天比一天兴盛。这，一来由于国势承平，王公大臣有的是悠闲时间宴饮，宴饮中不免赋诗填词相酬答。二来那时距离南唐五代时间很近，流风所及，作词比作诗的兴致似乎更高。像范仲淹、宋景文、欧阳修、晏殊等人，都喜欢作小令。还有一个有趣的因素乃是当时的士大夫们，总觉得凡有重大或冠冕堂皇的感慨，当以诗来挥发。若属伤离怨别、风花雪月等私人感情的，便把它寄托在词中。认为词是不登大雅的游戏之作。这从表面看起来，似乎词的地位不及诗高。实际上，词的感情反比诗更丰富，可读性更高。因为愈是自由自在，把深藏内心的话写出来的，愈见真性情，而词的第一要件就是一个"真"字。王耕心为《白雨斋词话》作序说："所谓词者，意内而言外，格浅而韵深，其发掘性情之微，尤不可掩。"就是说词最能表现真性情。陈廷焯在该书的自叙中也说："夫人心不能无所感，有所感不能无所寄。寄托不厚，感人不深。……感于文，不若感于诗，感于诗，不若感于词。诗有韵，文无韵。词可按节寻声，诗不能尽被弦管。"可见就音韵与感情而言，词比诗更胜一筹。王国维《人间词话》中也说："词之为体，要眇宜修，能言诗之所不能言，而不能尽言诗之所能言。"他所谓不能尽言是不想尽言、不愿尽言，是欲语还休的含蓄。

词既有此妙用，因而像欧阳修与晏殊二人，就作得非常用心，似有意在词方面，建立起一种风尚。尤其是晏殊，他身为宰相，富贵显达，号召力也更强。宴饮填词就成了他艺术生活的重心。叶梦得《避暑录话》说他"性喜宾客，未尝一日不宴饮"。宴饮自必以歌舞相佐，然后赋诗填词。所以词的兴盛，他是应当居首功的。

晏殊（991—1055），字同叔。他七岁就能写文章，可说是位天才儿童。他性情耿介笃厚，在真宗景德初年时，举行进士殿试，大臣张文节推荐他也参加。他一看题目就说："这个题目我十天前就作过了，请另命一题。"皇上非常赞赏他的诚实，立刻赐他同进士出身。以后正遇东宫官（太子侍读官）出缺，就批令以晏殊递补。并且对他说："馆阁中臣僚都喜欢嬉游，只有你和兄弟们勤奋读书，才配作东宫官。"他直率地回答道："我不是不喜欢嬉游，只是因为贫穷，游乐不起罢了。"皇帝愈加赞许他的诚实可信赖。仁宗幼年时，他与另一童子蔡伯俙一同在东宫伴读。太子每过高门槛时，蔡伯俙就伏在地上让太子在他背上跨过去。晏殊却不会这般奉承。仁宗接位以后，对于蔡伯俙虽非常恩遇，让他享受了七十五年的俸禄却没让他做大官，而重用的是晏殊，仁宗可说是知人善任的贤君了。晏殊官拜集贤殿学士、同平章事、枢密使，一直做到宰相，去世后赐谥元献。《宋史》称他："文章赡丽，应用不穷。尤工诗，闲雅有情思，晚岁，笃学不倦。"他的诗，有点接近晚唐的李商隐，比较工巧艳丽，这都是作词的基本。难得的是他的词却于富丽中透着一份凄婉之情。词集名《珠玉词》。

　　一提他的词作，无不立刻想到他那首脍炙人口的代表作《浣溪沙》：

　　　　一曲新词酒一杯，去年天气旧亭台。夕阳西下几
　　时回。　　无可奈何花落去，似曾相识燕归来。小园香
　　径独徘徊。

　　此词原题为"春恨"而全首词却没有一个"恨"字，这便是他的含蓄之处。大凡叹息春光易老、盛事不再的诗词，都免不了消沉或感伤的字眼，而此词却透着一份恬淡清新，轻柔婉转，哀而不伤。首句的"新词""美酒"是人生赏心乐事，眼前美景斜阳与去年无异。他明知太阳落下，明天依旧会上升，但明天究竟不是今天，所以"几时回"三字问得痴，问得傻，也问得意味无穷。李白说的"古人秉烛夜游"，曹子桓所谓的"动见瞻观，何时易乎，恐不复得为昔日游也"，都是同样感触，只是在文章中明白说出了，不及词的婉曲。下片改用细笔，写花落、燕飞的动态，配合夕阳西下的情景，感慨便深了一层。这是词人以景托情的妙笔。

其实他当时正过着"座上客常满，樽中酒不空"的热闹生活，但愈是热闹，愈是会在酒阑人散之后，感到寂寞与空虚，这是人之常情。王国维的"笙歌散后游人倦，归路风吹面。西窗落月荡花枝，却是人间酒醒梦回时"，正是同样心境。他一个人踽踽地在花径中徘徊着，内心自不免怅触万千。但他毕竟是豁达之人，对人生有整体的领悟、透彻的观点，虽有淡淡哀愁，而无凄楚之音。尤其是"燕子归来"，总给人一份希望。"徘徊"二字是阳平叠韵，反复地念此二字，会使人产生婉转低回、不忍离去的感觉。这是中国文学音韵的微妙作用。

此词的特色是从平淡着墨，没有一个浓丽的字眼，音调又自然铿锵。像"夕阳西下""无可奈何""似曾相识"都是现成句，信手拈来，便成天衣无缝的好言语。刘熙载《词概》说："词中句与字似有触着者，所谓极练如不练。"他认为"无可奈何"二句就是触着之句。所谓"触着"就是触着灵感的神来之笔。

《浣溪沙》这个词调，下片一二两句可对仗也可不对仗，如对就必须工整而又自然脱化，不同于诗中对仗。像史梅溪的"做冷欺花，将烟困柳"，一看固然是词的对句，却显得雕琢痕迹。晏小山名句"落花人独立，微雨燕双飞"①，就非常自然，只宜于词而不宜入诗。晏同叔此二句也同样只宜于词而不宜入诗。他因为太爱此二句，曾另作一首送朋友的律诗："元已清明假未开，小园幽径

____

① 此二句原是唐末翁宏的诗。——作者注

独徘徊。春寒不定斑斑雨，宿酒难禁滟滟杯。无可奈何花落去，似曾相识燕归来。游梁赋客多风味，莫惜青钱万选才。"有三句与此词相同，但在诗中读来就柔弱了些，这就是诗与词情调不同之处。

这两句还有一段被世人传诵的故事：晏同叔赴杭州过大明寺，闭着眼听侍从为他念寺壁上许多题诗。听到其中一首，他很赞许，一问是江都王琪所作，就邀他同饮。二人在池边散步，那时正是晚春，池上落花片片，晏殊说："我已想好一句'无可奈何花落去'，只是对不出下一句。"王琪立刻说："'似曾相识燕归来'如何？"同叔非常赏识他的才气，就提拔他为官，可见他是个很爱才的人。

同叔虽然一身富贵，宾朋如云，却是自奉非常俭朴。性刚毅正直，好拔擢后进。像范仲淹、韩琦、富弼都是他推荐给朝廷的，一派宰相气度，没想到他的词却如此多愁善感。可见任何人物，都有另一面的感情生活。就像写"先天下之忧而忧，后天下之乐而乐"大文章的范仲淹，也会在词里说"酒入愁肠，化作相思泪"。要知晏同叔内心深处，也有一段恋情呢。他和张子野是好友，他的《珠玉集》都是子野为他作序的。他们之间，似乎无话不谈。他本有一个心爱的歌姬，却为夫人王氏所不容，不得不把她遣归。有一天，与子野同饮，子野作《碧牡丹》一首，下片是："镜华翳，闲照孤鸾戏。思量去时容易。钿盒瑶钗，至今冷落轻弃。望极蓝桥，但暮云千里。几重山，几重水。"触动了他对爱姬的无限思念，叹息道："人生何自苦如此呢？"就又把她接了回来，这正见得他私生活方面，正有许多矛盾与苦闷。

同叔词中，似乎提到燕子之句很多，像"双燕欲归时节，银屏昨夜微寒""罗幕轻寒，燕子双飞去""小阁重帘有燕过""燕子归飞兰泣露""帘幕轻寒双语燕""燕子来时新社，梨花落后清明""帘幕中间燕子飞"。固然由于他是眼前即景，但燕子的双飞会特别引起他的感触，也可见他内心总有一份对爱情的渴慕。不然的话，他何以说"心事一春犹未见，余光落尽青苔院"呢？这"一春"也许指的一生，心事也许将永埋心底了。也有人认为晏同叔官场得意，一帆风顺，他的苦闷，无非是强作无病呻吟。但一个灵心善感的词人，对于春去秋来，花开花谢，与人生的悲欢离合，哪能免于感触呢？这从他另一首名作《蝶恋花》中尤可窥见：

槛菊愁烟兰泣露，罗幕轻寒，燕子双飞去。明月不谙离恨苦，斜光到晓穿朱户。　　昨夜西风凋碧树，独上高楼，望断天涯路。欲寄彩笺无尺素，山长水阔知何处？

这是一首伤离怨别之词，寓有深沉的感触。上片写菊愁、兰泣、燕子飞去、罗幕寒冷、月光斜照，极力渲染出寂寞冷清气氛，这和那首《浣溪沙》的轻松情调相比，又是一种面貌。尤其是"明月不谙离恨苦"二句，带着无限抱怨口吻，正如欧阳修的"泪眼问花花不语，乱红飞过秋千去"以一个"不"字的反语来责怪大自然景物。一个人在情绪低落之时，眼前任何事物，都像和你作对似的。又如唐人诗"欲寄两行相忆泪，长江不肯向西流"，也是抱怨江水不作美。只是说得太直率不如词的含蓄就是了。

下片由眼前景色推向远处，由低低的朱户，到西风中的碧树高楼。由遮断人视线的罗幕，到望去无尽无边的天涯路。视野愈扩大，心头却愈感空茫无着落。虽有瑶笺尺素，也只得付诸水阔山长。正是"纵凭他流水寄情，飞红不到春更远"也。此词表面上是怀念远人的意思，而骨子里却寓有对短暂生命十二分珍惜而又无可如何的感慨。这在"昨夜西风"三句中可以体会得出。此三句一派孤高格调，写出繁华过尽、遗世独立的心境。王国维特别欣赏此三句，把它比作"古今成大事业大学问者必经的第一个境界"。

生命有限，繁华更是有限，晏殊于罢相之后，一定更深深体认到这一点。当他在陕西长安时，见到一个江湖落魄歌女，深有所感而作了一首《山亭柳》：

> 家住西秦。赌博艺随身。花柳上、斗尖新。偶学念奴声调，有时高遏行云。蜀锦缠头无数，不负辛勤。
>
> 数年来往咸京道，残杯冷炙漫销魂。衷肠事，托何人。若有知音见采，不辞遍唱阳春。一曲当筵泪落，重掩罗巾。

完全是写实笔法，颇似白居易的《琵琶行》。这位冷静的词人，故意把自己的感伤隐藏起来，客观地写西秦歌女，从"缠头无数"

的全盛时代，到"泪落红巾"的凄凉晚境，写得丝丝入扣。他虽然没有像白居易明白说出"江州司马青衫湿"，而他借此写世态炎凉，也就是他自己胸中块垒了。

另有一段小故事，也可看出他罢相后的心情。有一次一个叫刘苏哥的营妓，终身已有所托，却被母亲所阻。她伤心地骑马出郊外，登高冢之上，恸哭而卒。晏殊感慨地为她作了首诗："苏哥风味足天真，恐是文君向上人。何日九原芳草绿，大家携酒哭青春。"九原芳草是一定会绿的，而是否有人来哭就不可知了。他一面悼苏哥，一面也是暗讽当时士大夫有许多于志节有亏的，还不如一名歌姬的矢志不渝呢。晏殊原是位多情的词人，而他的儿子晏小山只因父亲做过大官，硬要对人说："先君平日小词虽多，未尝作妇人语。"这种辩解实在多余。他词中儿女情长之句，俯拾即是，例如："记得香园临别语，彼此有万重心诉。""碧海无波，瑶台有路，思量只合双飞去。当时轻别意中人，山长水远知何处。"等等。岂不都是极尽缠绵能事呢？而最哀婉感人的写情之作，则莫过于他的一首《木兰花》：

> 绿杨芳草长亭路。年少抛人容易去。楼头残梦五更钟，花底离愁三月雨。　　无情不似多情苦。一寸还成千万缕。天涯地角有穷时，只有相思无尽处。

少年人轻别离，而一往情深的恋人却魂牵梦萦。三四二句对仗工整，音韵铿锵，而构成的意象是如此凄清寂寞。"五更钟"是声音，"三月雨"是形象，两者都是持续不断，若有若无，以具象烘托抽象的"残梦"与"离愁"。下片"无情"与"多情"相对比，"一寸"与"千万缕"相对比，却明明是反语。即一寸终变成千万缕，任你无情，我自多情之意。所以下面紧接"天涯地角"二句，表明了毫无怨怼的无尽相思。

这首词是刻意经营之作，尤以三四两句传诵一时。

晏殊的词，一般都是着色较淡，正如他自己得意之句"梨花院落溶溶月，柳絮池塘淡淡风"，于清淡中透着雍容华贵之气。但有一首《踏莎行》，却是着色颇浓，也是他刻意求工而又非常自然的好词：

> 小径红稀，芳郊绿遍。高台树色阴阴见。春风不解禁杨花，濛濛乱扑行人面。　　翠叶藏莺，朱帘隔燕。炉香静逐游丝转。一场愁梦酒醒时，斜阳却照深深院。

红与绿是对比色，而杨花则是白色。红渐稀，绿渐遍，杨花飞舞，这是暮春光景。写的却是时序进展中的动态。高台深藏树荫中隐约可见，却是静态，动静又相对比。下片由外界景色写到屋内。"翠叶"与"朱帘"又是对比色，与上片的红绿遥相呼应。而炉香的袅袅游丝，构成的意象，与上片的杨花混合成朦胧一片，颜色都是灰灰白白。杨花是一团团的，烟是一缕缕的，象征的是离愁，也是惝恍的梦境。斜阳是红的，照的是深深院落，与上片的"高台"相呼应，"阴阴见"与"深深院"都是叠词，表现的都是静态。而莺与燕却是有声的，与濛濛的杨花、袅袅的炉烟之无声不同。这又是一个对比。禽鸟尽管是喧闹的，飞动的，却藏在叶中，隔在窗外，室内仍保持着静的基调。静就是冷清、寂寞。这首词的结构非常严密，上片全部写景，由远而近，由鲜明而朦胧。到第五句才点出一个"人"字。下片仍接着写景，由莺燕过渡到人事：炉中香烟是室内之人燃起的，这个人可能就是伫立屋外之人百无聊赖地回到屋里，情景也随着转到屋里。最后一句是写屋内之人，望向院落，一角斜阳，陡觉一天又过去了，无限迟暮之思尽在不言中。全词虽然着了许多颜色，而仍溢漾着静谧闲雅气氛，正见作者才思不凡。

其中"春风不解禁杨花"二句，正如他的另一首词中"垂杨只解恋春风，何曾系得行人住"，是拟人句法，赋予景物以生命，李调元赞他善用成语。其实"解"与"不解"是诗人词人惯用的字眼。例如，辛弃疾的名句"是他春带愁来，春归何处，却不解带将愁去"；张子野的"沉恨细思，不如桃杏，犹解嫁东风"；黄孝迈的"欲共柳花低诉，怕柳花轻薄，不解伤春"；陆放翁的"多谢半山松吹，解殷勤留客"；都把大自然景物当作"有心人"，便是移情作用。这种笔意，在唐诗中也常见，像李白的"月既不解饮，影徒随我身"，白居易的"水能淡性真我友，竹解虚心即我师"，但总不及词的婉转可爱耳。

又如"蒙蒙乱扑行人面"的"乱"字，也值得特别一提。词人亦用乱来形容景物如花叶、人影、禽鸟等，其实就是形容自己的一颗心，例如李后主的"砌下落梅如雪乱"，张子野的"离愁正引千丝乱"，都是名句。花瓣的乱，柳丝的乱，是眼睛所能看见的具象事物，用它比喻抽象的离愁，是非常高明的技巧。这种技巧，不限于诗词，在无论哪种抒情文章中都可运用。再如，吴文英的"阑干高处，送乱鸦，斜日落渔汀"，这个"乱"字，是描写鸦群之多，鸣声之聒噪，惹得人心烦意乱。只一个字就包含无数意义。东坡形容赤壁"乱石崩云"这个"乱"是千锤百炼而出，非此字不能与"崩"字相配。姜白石的"日暮望孤城不见，但见乱山无数"，以乱形容山，比形容花、叶、禽鸟，气派又不同。这虽然是从东坡的"回首乱山横，不见居人只见城"化出，而青出于蓝，比原词更多一份苍凉之感。——我常常有一个想法，有兴趣于诗词者，如将同一个形容词的不同句子，归类摘录，再作比较，也是件非常有趣的工作，又可培养对旧诗词欣赏的情趣，特附笔提及，以供初学者参考。

晏同叔这首《踏莎行》词，作于他罢相之后，所以后人或认为此词是他寄托感触牢骚之作。说第一句是比喻君子渐少，第二句比喻小人日多。"高台"是指朝廷，"东风"两句是说小人如轻薄杨花。"炉香"暗喻自己心情郁结，"深深院"亦指内心深处、"翠叶"二句暗喻事多阻碍，"斜阳"是暗喻想有所建树却已太晚了。如此解释固未始不可。但就词的发展来说，北宋初年，似尚没有拿词来寄托这一类落实的感慨的。到了南宋末年的王碧山，他的咏物词，才是句句有所喻，有所指。尽管极工巧之能事，却显得呆滞，失去柔媚空灵的本色了。其实无论作诗作词，总不外寄情于景，以景寓情，感慨常在欲言未言之间，由读者自己品味出各种不同的感受来，才是文学上的上乘作品。记得俞平伯有几句论小品文的话，可借来喻作词之道："我们与一切外物相遇，不可着意，着意则滞；不可绝缘，绝缘则离。"他说得非常对，"滞"与"离"都是文章诗词之病。我则认为，现代文艺理论家有主张作品必须纯客观的，就是离；主张非有主题不可的，就是滞。二者都是有所偏。在作品中自自然然地带有一份深湛的思与感，却不明言，才是不滞不离。故多读诗词，可使文章技巧与境界同时提升。我还觉得此词最后的愁梦之"愁"字，未免点破，因全首的烘托已足，如将"愁"改为"幽"字，似更含蓄，这也是个人小小意见而已。

晏殊是北宋初年第一个受南唐五代影响最深的词人。《宋六十一家词选》例言："同叔去五代未远，馨烈所扇，得之最先。故左宫右徵，和婉而明丽，为北宋倚声家初祖。"凡一种文学作品风格的形成，必须要有才情至高而又热衷者的倡导，晏殊于此是功不可没的。王灼《碧鸡漫志》说他"风流蕴藉，一时莫及，而温润秀洁，亦无其比"，对他非常推崇。总观他的《珠玉词》全集，虽不少口语化的句子而无俚俗之气，说他温润秀洁，确实当之而无愧。也有论者说他因特别喜爱冯延巳，所作亦不减冯氏乐府。与其说不减冯延巳，倒不如说他的词比冯延巳词境界更宽阔，情趣更闲适，用字更淡雅，而于平易中见性情。让我就以晏殊得意之作《浣溪沙》的最后一句"夕阳西下几时回"来赞美他闲适淡雅的风格和微带感伤的生活情调吧。

云破月来花弄影
——张先（子野）

张子野是宋代与柳永齐名的一位词人张先的号。时人也称他张三中。赞赏他的词能道出"心中事、眼中泪①、意中人"。但他自己说："何不称我张三影。"因为"云破月来花弄影""娇柔懒起，帘压卷花影""柳径无人，堕轻絮无影"都是他生平得意之句。《高斋词话》却认为后二影当为"浮华断处见山影""隔帘送过秋千影"。《雨村词话》又说，再加上他的"无数杨花过无影"当合为四影。可见张先的词中喜欢用"影"字。但无论如何，还是"云破月来花弄影"一句最生动出色。

张先，字子野，宋朝吴兴人，天圣八年进士。与他同时的还有一个张先，也字子野，曾与欧阳修同在洛阳当幕府，欧阳公为他写墓志铭，称他"志守端方，临事敢决"，但他的文名不及这个词人张子野。子野通音律，能乐府，不过诗名为词名所掩，所传

---

① 或作眼中景。——作者注

的便只有词了。

张子野做过都官郎中，晚年泛舟垂钓，优游为乐。卜居钱塘时曾筑过一座花月亭。陆游说子野的"云破月来花弄影"是得句于此亭。我想此亭或因此句命名，亦未可知。他与苏东坡同游时已八十余高龄。东坡尊他为老前辈，曾有诗云"诗人老去莺莺在，公子归来燕燕忙"，就是指的他，可见他们的交情相当深。

他与同朝宰相晏殊①也是好朋友，他曾作过一首《碧牡丹》词，最后几句云："思量去时容易，钿合瑶钗，至今冷落轻弃。望极蓝桥，但暮云千里。几重山，几重水。"晏同叔读了不由得感触万端地说："人生行乐耳，何自苦如此。"原来这位宰相曾有过一个美丽的侍儿，最能歌唱张子野的词，后来为宰相夫人所不容，被撵走了。晏同叔读了此词，觉得人生几何，犯不着苦了自己，于是又设法把那侍儿赎回来。这一段故事，也足见得子野善体人意，道出朋友内心的相思之苦了。

子野生平艳事很多。他晚年住杭州时，喜欢为官妓作词，赞美她们的美丽。官妓们都以此为荣。只有一个名龙靓的歌妓，未曾得到他的词。于是她作了一首自嘲的诗云："天与群芳千样葩，独怜艳色不堪夸。牡丹芍药人题遍，自分身如鼓子花。"子野读诗后，终于给她作了一首《望江南》词。这段故事颇似苏东坡在黄州七载，不为官妓李琪作诗，是与杜工部的"海棠虽好不题诗"

———————————

① 字同叔。——作者注

同一深意吧!

他的词中名句传诵很广,除了有"三中""三影"等雅称以外,还被称为"嫁春风郎中",因为他的一首《一丛花》令,最后二句就是"不如桃杏,犹解嫁东风"。不过他自己最得意的还是那句"云破月来花弄影"。有一位词人尚书宋子京仰慕他的才名,特地去看他,在外面喊:"云破月来花弄影郎中在吗?"子野从屏风后跑出来答道:"是红杏枝头春意闹尚书吗?"红杏句是宋子京《玉楼春》中名句,所以称他"红杏尚书"。这一段词人相得的故事,一时传为佳话。

王国维先生在《人间词话》里说"红杏枝头春意闹",着一"闹"字而境界全出。"云破月来花弄影",着一"弄"字而境界全出。而李笠翁在他的《窥词管见》中,认为"云破"之句固然用词很尖新,而"红杏"之句的闹字,却极粗俗,不入耳。他说桃李只有争春,没有闹春,若闹字可用,则打字斗字都可用。我认为此话说得实在太"不入耳",此翁不但顽固,且不懂词的妙境。要知作诗有诗眼,作词亦当有词眼。眼睛是脸部最能表情达意的,词中的眼也是最能表达婉曲情意的。"云破"句是《天仙子》全首的眼,"弄"字又是这一句的眼。"红杏"句是《玉楼春》全首的眼,"闹"字又是这一句的眼。它们有如一粒钻石在珠玉中,闪烁着宝光,映照得珠玉也更玲珑可爱了。杨慎赞云破句"景物如画,画亦不能至此",而吴并却吹毛求疵地说此句是从古乐府《暗别离》中"朱弦暗度不见人,风动花枝月中影"之句套来的。其实即使套来,也是青出于蓝,有何不可?历代诗人词人,常是融化了前

055

人的名章妙句，创造出更新奇的警句来。例如李清照的《声声慢》开首就用了"寻寻觅觅"等七组叠字，可能就是由欧阳修的"庭院深深深几许"中化出。因为她自己说最爱欧公此句，所以不由得就受了影响。而欧公此句，又跟张驾的诗"树树树梢啼晓莺，夜夜夜深闻子规"有异曲同工之妙。又如苏东坡的《水龙吟·咏杨花》"春色三分，二分尘土，一分流水"与叶清臣的"三分春色二分愁，更一分风雨"同属一种灵感，却都是最出色的名句。

张子野与柳永齐名，而风格不同。晁补之《诗人玉屑》中说："子野韵高，是耆卿不及处。"陈廷焯《白雨斋词话》，亦称他的词是古今一个大转变，在他以前的声色未开，在他以后的又是古意渐失，只有他能含蓄又能超越，恰到好处，可谓推崇备至。

现在我们来将他的《天仙子》作通篇的欣赏。

水调数声持酒听，午醉醒来愁未醒。送春春去几时回？临晚镜，伤流景，往事后期空记省。　　沙上并禽池上暝，云破月来花弄影。重重翠幕密遮灯，风不定，人初静，明日落红应满径。

持酒听歌，本来是一件赏心乐事，无奈春光渐老，借酒浇愁，从蒙胧的醉意中醒来，听的又是一曲悲凉的水调^①自然格外逗起他

---

① 《水调》是隋炀帝自度曲。——作者注

的感触。对着晚镜，自伤流光易逝，这二句是从杜牧的诗"自伤临晚镜，谁与惜流年"中化出。悠悠往事，与后来的期约，都历历在心。这上片伤春的情绪，是一气呵成的，先点出一个"愁"字，接着是"晚镜""流景""往事"等伤心字眼，最后用一个"空"字写出内心的虚幻之感。下片便落实地写眼前景物。沙上的一对小禽在池边并肩而眠，暗示自己的孤单，比"落花人独立，微雨燕双飞"更含蓄。"云破月来花弄影"是全首点睛之句。它的妙处有三：第一，"破""弄"是动态的描写，把云、月、花、影等似动似静的景物赋予了生命与意志，所以格外生动突出。第二，上片是沉闷的、感伤的，到此句转变笔调，予人以一丝新的希望，最后又跌入沉静之中，是一种反面的衬托。与"重重翠幕密遮灯"之句[1]，一句写室外，一句写室内，构成强烈对比。第三，花枝于月中弄影，是比喻也是象征，象征寂寞的词人顾影自怜，却含蓄而不明言，深得蕴藉之旨。有此三层妙处，所以这一句会如此出色。东坡的"起舞弄清影"又未始不是同一意境的另一种笔触？下句"重重翠幕密遮灯"，更予人以一份精神上的重压，"风不定"与"人初静"一动一静又是一番对比。一天过去了，只怕无情的东风已吹得落红满地。"应"是疑问口气，却包含了无可奈何的怜惜之意，"落红"二字，与上片"春去"二字遥相呼应。所以整首词的章法是非常严谨的。

---

[1]　《彊村丛书》作"帘幕"，我认为翠字着色，且声音较清脆。——作者注

这是一首即景寄情的词，张子野当时为嘉禾小卒，又在病中，心情一定非常落寞。黄蓼园说他是自伤卑贱，"重重"句暗喻多障蔽，"明日落红"喻为时过晚，这却是从另一角度看此词，认为是自伤际遇的有寄托之词。其实见仁见智，端由读者。词人作词时未见得便有此意，即使有，也可以有寄托入，无寄托出。我们欣赏一首词，只在心灵上直接的感受，不必追究它有没有寄托，反能领略空灵之美。

歌尽桃花扇底风

——晏几道（小山）

　　晏几道，字叔原，又号小山，是晏殊的老来子。他的生卒年月不能十分确定。但知道他父亲六十五岁去世时，他才七八岁。他活到七十岁左右，和黄山谷是平辈好友，当然也和苏东坡、柳永等同时。算起来，他应生于公元 1030 年左右，卒于 1106 年以后吧。

　　叔原虽为宰相之子，但只过了一段短短的幸福童年。父亲一去世，豪华绚璨便随之而逝。对一个天真的童子来说，心灵上不免投下无常幻灭的阴影。这也是他以后多愁善感性格形成的主因之一。加以他禀赋绝顶聪明，又继承了父亲的笃厚纯朴。自幼受文学学术气氛的熏陶，因此他少年时代就放荡不拘。尽管生涯潦倒而始终轻视功名，尤不屑自傍于权贵之门。他不是进取的狂者，却是有所不为的狷者。他的两个姐夫，一个是宰相富弼，一个也是炙手可热的大官杨察。朝廷中许多官吏都是他父亲生时的门下客。他却从没想到要他们提携一把，宁可郁郁沉下僚，穷困以终。据说豪迈爱才的苏东坡颇欣赏他的才情，想请黄山谷介绍相识，都被他拒绝了。他说："今日政事堂中，半吾家旧客，亦未暇见也。"口气是如此倨傲，东坡也无可奈何。他轻视浮名，重视的是真正自由自在的艺术生命。所以在贫困的转徙流离中，仍不失幽默感。他妻子讥讽他搬东搬西就像乞丐搬着漆碗。他却作了一首诗告诉妻子说："生计惟兹碗，搬擎岂惮劳。"因为要靠这只唯一的碗"朝盛负余米，暮贮藉残糟"的，所以劝她"愿君同此器，珍重到霜毛"。患难夫妻的笑影泪光，充分地透露于笔墨之间。正如悲鸣的孟东野诗"借车载家具，家具少于车"，却依然自得其乐。他独特的性格，有点近似"质性自然，非矫厉所得"的陶渊明。为了生活，只做过两任芝麻官——太常寺太祝与颍昌许田的监镇。为此，他还作了一首《生查子》对妻子解嘲说："官身几日间，世事何时足。君貌不长红，我鬓不重绿。"他更叹息说："古来多被虚名误，宁负虚名身莫负。劝君频入醉乡来，此是无愁无恨处。"笔调又颇近杜甫诗。

他最知己的好友黄庭坚[①]，形容他的性格最为透彻。山谷在《小山词》序中说："叔原，固人英也，其痴亦自绝人……仕宦连蹇，而不能一傍贵人之门，是一痴也。论文自有体，不肯作新进士语，此又一痴也。费资千百万，家人寒饥，而面有孺子之色，此又一痴也。人每负之而不恨，已信之，终不疑其欺己，此又一痴也。"

---

① 号山谷。——作者注

有此四痴，正是叔原之所以为词人。一片赤子之心，率性而为。他曾一时兴致，写了一首词给父亲当年门客韩亿，却招来一顿"愿郎君捐有余之才，补不足之德"的讥讽，可见人情冷暖，有几人能了解他的天真忠厚。他与郑侠交往，赠送他一首很好的诗："小白长红又满枝，筑球场外独支颐。春风自是人间客，主宰繁华得几时？"郑侠珍藏于书箧之中，后因获罪下狱，害得叔原也受株连。幸神宗读此诗深为赞赏，才把他释放了。他就是这么疏于顾忌之人，其单纯又颇近似李后主。

提起晏氏父子，论者就会想到南唐二主，冯煦的《宋六十一家词选·例言》中赞毛子晋的《宋六十名家词》："以晏氏父子追配李氏父子，诚为知言。"其实晏殊的词，并不似中主李璟，却较接近冯正中。而哀感悲怆、抚今思昔的小晏，确是和后主有异曲同工之妙。

但无论如何，小晏是多多少少受到他父亲词风的影响的。不过父子境遇不同，心情各异。作品是反映生活与心境的，所以小晏词中，更多心灵的呼声，时而凄厉，时而轻俏。山谷说他"精壮顿挫，能动摇人心"是不算过誉的。况周颐把大晏比作牡丹，把小晏比作文杏，却是委屈了小晏。他原是非常自负的，对自己的作品，初称《乐府补亡》。在自序中说："尝思感物之情，古今不异。窃谓篇中之意，昔人岂已不遗，第今无传耳。故今所制，通以补亡名之。"由这一段话中，可以看出他对自己作品的信心。认为前代作家的作品可能没有传下来，所以由他来补上。李调元的《雨村词话》对他非常激赏，并引他一首《生查子》："长恨涉江遥，移近溪头住。闲荡木兰舟，误入双鸳浦。无端轻薄云，暗作廉纤雨。翠袖不胜寒，欲向荷花语。"认为真足以补乐府之亡。我们细味此词，确实是雅淡自然，充满了古意。《生查子》这词调，本来就如五言古风。小山又是善于化诗意入词的人，写来格外得心应手。试读五代词人牛希济的一首《生查子》："新月曲如眉，未有团圆意。红豆不堪看，满眼相思泪。终日劈桃穰，人在心儿里。两朵隔墙花，早晚成连理。"两相比较，同样是描绘女性心态，而风格高低不同。一纤巧，一端厚。一浅显，一含蓄。叔原真不失风人之旨也。

北宋初年，他的父亲晏殊和欧阳修开启了词坛兴盛的风气，而叔原更使词渐渐脱离五代风格，走向清新高雅之路。在小令方面，实有推陈出新之功。而如此一位在文学史上有大贡献的人物，在宋史中却没有他的名字，这实在是不公平的。

现在先来赏析他的一首《鹧鸪天》：

翠袖殷勤捧玉钟。当年拼却醉颜红。舞低杨柳楼心月，歌尽桃花扇底风。　　从别后，忆相逢。几回魂梦与君同。今宵剩把银釭照，犹恐相逢是梦中。

"翠"别本作"彩"，较翠字抽象，因后者渲染出具体的颜色，给人印象更鲜明。"年"，别本作"筵"，意思就不同了。前者是追忆的口吻，尤多一份惆怅，后者便成直叙当时情景了。"柳"，别本作"叶"，尤不及柳字音调铿锵。因"杨"与"叶"是双声字，词中除非有意用双声，当尽量避免。

此词写别后重逢，在时间的推前拉回上，作者用的是非常错综灵活的技巧。第一句"翠袖殷勤捧玉钟"，没有点出时间，初看似写眼前事，到第二句"当年拼却醉颜红"才知道是从前的事。在时间顺序上，应当先有第二句，后有第一句。现在一倒置，"翠袖"之句就显得格外突出与鲜活。纳兰词："被酒莫惊春睡重，赌书消得泼茶香，当时只道是寻常。"也正是一种时间回溯的写作技巧。于此亦可以体味"当年"与"当筵"之差别。如易为"当筵"，便无时间跳跃之美了。"舞低杨柳"二句，与"翠袖"之句，情态与气势都是一贯的，但必须隔着"当年"之句，才活泼生动。此际必须细细领略作者的经营苦心。"拼却醉颜红"颇似冯延巳"起舞不辞无气力，爱君吹玉笛"的与知心人尽欢之意。三、四二句中，"舞低""歌尽"和"拼却"相应。是一种不顾一切的尽情欢乐，在载歌载舞中表现出来。给人的感受是如此旖旎、温馨。桃花杨柳都是短暂的，暗示青春不能长驻。而词意极为含蓄。李后主也有两句描写歌舞尽欢之句："凤箫吹断水云闲，重按霓裳歌遍彻。"其中"断"与"遍"二字，也表示无限意兴。但仍不及小山此句的情意缠绵，可能是对仗和音调的效果吧。这是小山词中名句，论者赞其"美秀不减六朝宫掖体"。其实于美秀之外，更当加一"雅"字。晁补之[①]赞他："叔原不蹈袭人语，而风调闲雅，自是一家，读此句，自可知此人不生于三家村中。"

下片"从别后"一句，在心情上时间又回到现在，从现在想到这一段长长的分别期间。笔势就如一川流水，直注入今宵的相逢情景中。因梦里时常相见，因此真正的相逢，反而疑真疑幻，将信将疑，产生惝恍之感。

此二句当然是从杜甫诗"夜阑更秉烛，相对如梦寐"中化出，谈诗与词情调之不同者，常以此二组作比较，显然是词比诗更婉曲，更精美。因为"银釭"比"烛"艳丽，"犹恐"二字比"如"字所描绘的心态更婉转。

他还有《蝶恋花》中的"红烛自怜无好计，夜寒空替人垂泪"，用的是杜牧的诗："蜡烛有心还惜别，替人垂泪到天明。"我们也不妨来做个比较。"红烛"比"蜡烛"多一重颜色的渲染，因为在静悄悄的寒夜，愈是艳丽的颜色，愈增加寂寞感，这是反衬法。"自怜无好计"是直接写红烛在自思自忖，是主观的移情。而"有心还惜别"是客观的叙述。其次，"替人垂泪"之上，加一个"夜寒"，又加一个"空"字，情意一层深似一层，给人的感受格外深刻。这也就是词之所以能言诗之不能言之处了。

小山这位相逢如梦中的女郎，很可能就是他最恋念的一个朋友的歌姬蘋云。当时的歌姬都已流转人间。多情的小山，无限眷

---

① 字无咎。——作者注

恋，因此又作了另一首《临江仙》：

梦后楼台高锁，酒醒帘幕低垂。去年春恨却来时。落花人独立，微雨燕双飞。　　记得小蘋初见，两重心字罗衣。琵琶弦上说相思。当时明月在，曾照彩云归。

同前面一首《鹧鸪天》一样，都是写一个情字，而这首尤为婉转缠绵。以情之深浅不同，更见辞彩工巧有异。因为《鹧鸪天》写别后相思而终于重逢。这一首是刻骨相思，重逢未卜，当然更多一分怅惘了。而且前者是从欢场歌舞着笔，给人的印象比较一般。而此词却是从初见女郎的第一印象着笔，尤为鲜明生动。

都说小山工于言情，其实所有的词总以言情为主，只是有各种不同的情，"将军白发征夫泪"是一种情，"酒入愁肠，化作相思泪"又是一种情。即豪迈如苏东坡、辛弃疾，又未始不言情。不然东坡何必"把酒问青天"，弃疾何必"把吴钩看了，阑干拍遍"呢？只不过词人的性情与气质各异，所以表现于词中的也有爽朗与细腻之不同。小山的言情是非常细腻的，且又有百转千回的含蓄。

全首词都是写别后的追忆。酒醒梦回，在惝恍迷离中，又正是楼台高锁，帘幕低垂。两句以极工整的对偶句法，衬托出下面一句的"春恨"。去年的别恨，现在更兜上心来。四、五又是对句，落花微雨是春残光景，也寓有时间流逝之意。花与雨又都是飘荡的，象征心境的迷茫。"独立"与"双飞"是强烈对比不用说了。此二句原是唐末翁宏的诗句："又是春残也，如何出翠帏，落花人独立，微雨燕双飞……"被小晏随手拈来，竟成名句。此二句不妨解作是写对方——他心中日思夜忖的女郎，遥想她一个人正在落花微雨中徘徊，更见得两地相思之情。如此解法，情意便更为婉曲缠绵。例如柳永的词："想佳人妆楼颙望，误几回天际识归舟。"也是从对方着笔，想象她如何在高楼上盼望着征人的归帆。则自己的思念，可想而知。又如杜甫诗："今夜鄜州月，闺中只独看。遥怜小儿女，未解忆长安……"他不说自己在长安思念鄜州的妻儿，却挂心妻子在思念他。儿女幼小，偏偏还不懂得思念父亲。这样百转千回的亲情，读来令人酸鼻。所以写情要以淡笔托浓，远处喻近，才有隐约回旋之妙。下片首句"记得"二字，又拉回到现在的自己。想起小蘋的体态神情，细细地描写她穿的罗衣是两重心字的剪裁，读者就仿佛见到小蘋从画中走了出来。"心字"或有心心相映的双关意，也可解为经双层盘成的心字香薰过的罗衣，虽有嗅觉之美，但不及视觉的形象化。他直接称小蘋名字，是当时许多词家很少这样写的，小山却绝不忌讳。他还有"小蘋若解愁春暮""小莲未解论心素"等句，都是直称其名，不觉粗率，反见真情流露。小蘋情深款款，一曲琵琶，诉说无限相思之意。词意至此，似已说尽，花间樽前之笔，意思就只能到此为止。以下二句，一般只是补足词调，无关紧要。可是小山这最后两句，却是大手笔，出人意表。他再一次回转笔来追写当时情景，天际的明月彩云，衬托这位美人益发逗人怜惜难忘。而今抬头见一轮明月，正是当时照着小蘋的明月。足以做他们心心相印的印证。彩云隐喻蘋云，亦有"云想衣裳"之意。最后一个"归"字，尤为剧力万钧。"归"给人酒阑人散，由热闹归于寂静的意味。例如"笙歌归院落，灯火下楼台"中的"归"字，就有此种感觉。此二句也是对句，"在"与"归"对得尤为深刻生动。因"在"是静止的，"归"却是流逝的。月亮看去是静止的，彩云是飘荡的。名家着墨，一字不苟，值得深深体味。

现在再拿"落花人独立，微雨燕双飞"二句，与晏同叔《浣溪沙》中的两句"无可奈何花落去，似曾相识燕归来"作个比较。外界景物一样是落花与飞燕，而前者只是客观地观照，写出一番形态，后者却是主观地表露出内在的心态。因此对落花感到无奈，对燕子感到似曾相识。杜甫有两句诗"不分桃花红胜锦，生憎柳絮白于棉"，就是主观的心态。桃花自红，柳絮自白，本来干卿底事，只因他自己心情烦躁，不由得怨桃花不安分，对柳絮也厌憎了。这就是王国维《人间词话》中所说的"有我之境"与"无我之境"的不同。他认为"泪眼问花花不语"，是有我之境，"寒波淡淡起，白鸟悠悠下"是无我之境。其实严格说来，文学创作的过程中，绝不可能对外界景物不着一点自己感情的色彩。比如"独"与"双"的故意对比，就是小山自己的感情？"淡淡"与"悠悠"，岂不也是人对寒波与白鸟的感觉？如此看来，诗词中无论是情景交绾，寓情于景，以景喻情，总是一个主观的情字。

小山词分两类，一类是儿女情长，一类便是自悲沦落的。《阮郎归》便是后者的代表作。原词如下：

　　天边金掌露成霜，云随雁字长。绿杯红袖趁重阳，人情似故乡。　　兰佩紫，菊簪黄。殷勤理旧狂。欲将沉醉换悲凉，清歌莫断肠。

此词完全摆脱儿女情，充分写出了游子思归，于凝重沉郁中，透着无限苍凉。

金掌是铜仙人的一只手，伸出来托着承露盘。本是汉武帝所造，欲以秋露和着玉屑求仙。后世似已为富豪之家庭院中的装饰，有如今天花园中的雕塑。

手掌伸到天边，极言高处不胜寒之意。露已成霜，欲饮不得，一则是猛惊时序的变换，二则是悲叹自己万事成空。与《诗经》的"蒹葭苍苍，白露为霜"一样的感慨。抬头望金掌时，就看到天边的云与雁一起飘扬，拉着长长的一条。北雁南飞，知道秋已深了。此二句表明时序，而给人的感觉不同。第一句的仙人金掌是一座固定的像，而第二句的云和雁是流动不定的。上一句着眼时间，下一句着眼空间，所以层次亦异。就颜色论，铜仙人必定是深褐色的，霜与云是白色的，雁是灰黑的，由这一系列的苍茫颜色，忽转入下句的绿杯红袖，时间又正是黄菊遍开的重阳佳节，在诗人的情绪上是一个震荡。人情的款切，使你感觉似故乡，实际上不是故乡，更多一层惆怅。正如他的《生查子》："归梦碧纱窗，说与人人道。真个别离难，不似相逢好。"梦中俨然回到故乡，告诉那人儿相逢有多好，而实际上是一场梦。可怜的是梦中不知是梦，所以此四句格外感人。下片兰佩是紫色的，菊簪是黄色的，佩戴这些鲜艳颜色，只为逞一时之狂。狂上着一"旧"时，有无穷的孤芳落寂之感。因为了解他的人少，只好一直故意表露狂态，正是"我自伴狂人莫笑，笑他人不解我狂尔"的心境①。"欲将沉醉换悲凉"是全首主旨。因为无人了解，悲凉又有何用，不如沉醉在酒中，以狂态掩饰起悲凉。最后"清歌莫断肠"以反语作结。自劝莫断肠，其实是真断肠，"莫"字值得击节三叹。如改为"欲"或"已"字就索然，此词必须细细体味，方能与词人苦涩的心灵相融会，才见得他无限温柔端厚处。其蕴藉婉转，极似韦庄的《菩萨蛮》"未老莫还乡，还乡须断肠"。《蕙风词话》赞"此词沉着厚重，得此结句，便觉竟体空灵"，说得颇有见地。

诗词与文章一样，结句最为重要。俗语说："编筐编篓，重在收口。"收得不好，全首诗词或全篇文章便显得软弱乏力。小山词往往是结句特佳。如《临江仙》中末二句"当时明月在，曾照彩云归"便是好例②。又如另一首《阮郎归》中末二句："梦魂纵有也成虚，那堪和梦无。"是说即使有梦也是空的，何况连梦也没一个。以两句反语作结，意思一层深似一深，比韦庄的"觉来知是

---

①　此是笔者仿稼轩旧句，乘兴引入。——作者注
②　已见前文。——作者注

梦，不胜悲"正面直语婉曲得多了。再如一首《蝶恋花》中结句：
"远信还因归燕误，小屏风上西江路。"全首词是写酒醒春困，清
明佳节中思故乡，盼不到家书，怀疑是燕子给误了，连这一点点
微弱的希望几乎幻灭。但他并不作绝望语，却将视线投向小屏风，
上面画的是故乡风景，望梅止渴，慰情聊胜于无。无限的蕴藉含
蓄，若末句改为落寞地回忆故乡风物，便呆滞无灵气了。凡此等
好结句，都在反复吟哦中细细品味而自得之。黄山谷说小山词"清
壮顿挫，能动摇人心"，也许就指这些地方。总之，诗词也和书画
一般，笔端必须含蓄，意到笔不到，百转千回，才能饶有余不尽
之味。

　　叔原的词，多半都是抒写自己心情的，但也偶有欢场歌舞中
凑热闹捧场的词。例如名妓李师师，不独名词人周清真对她倾倒，
一时名士也都有题赠。小山也作了两首《生查子》，其一云："远
山眉黛长，细柳腰支袅。妆罢立春风，一笑千金少。归去凤城时，
说与青楼道。遍看颖川花，不似师师好。"

　　他偶然也作应酬性的词，但因个性孤特，词中绝无逢迎之语。
例如他退休以后，大官蔡京因慕他的长短句，在重阳与冬至，托
人请他作词，他就各作一首《鹧鸪天》赠他，全首只客观地写节
日风光，竟无一语及蔡京。那一类词，虽见得小山才华，但非他
代表作品，故不录了。

　　胡云翼的《宋词选》，批评小山词只局限于少年生活的追忆，

内容过于狭窄，而且缺少社会意识①，这话当然是不错的。但叔原只是个落寞而自爱的文士，一生经历，既没有司马迁那样遍游名山大川，拥有史家存亡续绝的抱负，也没有杜甫身经离乱丧亡之痛，更不像东坡在政治上受颠挫，也不像辛稼轩怀着一腔报国孤忠，而以豪迈洒脱之词一抒胸臆。以他的心路历程，只能以他婉转凄清之笔，写出他的欢乐与悲愁。文学是苦闷的象征，也是生活的反映，一个诚挚的词人，是不愿有半点虚饰的。王国维说"李后主生于深宫之中，长于妇人之手"，他的词当然局限于宫庭生活的回忆和后来的亡国之痛。而后主词终成千古名篇。可见就文学论文学，小山词大都是艺术精品，实不必以社会意义评其高低。胡氏又批评他未能于词作中反映出他不屑依傍权贵的孤傲性格之一面，这却是有欠公平的。词，尤其是小令，以含蓄蕴藉为要，作者品格之高低，正能于此中体味出来，又何贵于文字间讥刺权贵或自命清高呢？例如他的"谁管水流花谢，月明昨夜兰舟""翠袖不胜寒，欲向荷花语"都透露出他不肯同流合污的性格。

　　晏氏父子，同为北宋初年提升小令风格的功臣。但若就言情的典雅细腻含蓄而论，小晏似尤胜大晏。现不妨引二人两首同样写离情的《玉楼春》，作一比较：

　　　　绿杨芳草长亭路。年少抛人容易去。楼头残梦五更

---

① 大意如此。——作者注

钟，花底离愁三月雨。　　无情不似多情苦。一寸还成千万缕。天涯地角有穷时，只有相思无尽处。

——晏殊（大晏）

当年信道情无价。桃叶尊前论别夜。脸红心绪学梅妆，眉翠工夫如月画。　　来时醉倒旗亭下。知是阿谁扶上马。忆曾挑尽五更灯，不记临分多少话。

——晏叔原（小晏）

　　以"年少抛人容易去"与"当年信道情无价"相比，显然后者比较温厚。"楼头残梦"二句是大晏名句，却是明白地点出离愁，以"五更钟"与"三月雨"来做抽象的烘托。而小晏的三、四两句，是细细地描绘女郎的妆饰姿态，予人的印象尤为鲜明。二词的最后两句，显然，小晏的要比大晏的含蓄典雅多了。《白雨斋词话》赞他的词"简婉又沉着，当时更无敌手"当指此等处。而讥他"思涉于邪，有失风人之旨"，却是老学究口吻。言情岂即思涉于邪？像清人的词："落拓江湖长载酒，十年重见云英，依然绰约掌中轻。灯前才一笑，偷解绿罗裙。"要比小晏词旖旎风光多了。如不打算言情，就不妨去作南宋理学先生的诗吧！就连理学先生程伊川，读到小山的"梦魂惯得无拘检，又踏杨花过谢桥"都惊叹为"鬼语"。可见道学先生也正需要借词抒情呢。

　　小山还有两句"紫骝认得旧游踪，嘶向画桥东畔路"，同"梦魂"二句，一样地玲珑可爱，活泼无比。多念几遍，会引起人一份飘飘然如入仙境的感觉。小山词有的真是仙品，岂止"鬼语"而已。

　　本篇以他《鹧鸪天》中的一句为题，因为我觉得"舞低杨柳楼心月，歌尽桃花扇底风"写出他尽情欢乐，不复知有明天的任性。如以他父亲的两句"梨花院落溶溶月，柳絮池塘淡淡风"作比较，可看出二人性格的不同。大晏是溶溶然，淡淡然，洒脱中透着慵懒，对生命的认知是顺应自然的。而小晏却于盛衰聚散中，体认到人生瞬息的悲凉。我们为了欣赏他的词，不能不探讨词人的生活和他的思想感情，以期对他的词做以印证，并不意味凄恻悲凉之词，才是好词。这是要特别附带说明的。

也无风雨也无晴

——苏轼（东坡）

北宋时代，名臣辈出。苏氏父子，有如三颗灼烁的星辰，照耀文坛。尤其是苏轼，他于诗、词、文、书、画，无一不工。堪称我国文学史上的全才。在词的方面，更是值得大书特书的一位怪杰。

苏轼，字子瞻，四川眉山人。父亲名洵，即才思敏捷、见解精辟的政论家苏老泉。母亲程氏，娴静严谨。子瞻在浓郁的学术氛围中长大，童年时代读《后汉书》，即以范滂的品格自励。稍长读《庄子》，非常感动地说："吾昔有见于中，口未能言。今见庄子，得吾心矣。"这也是他以后在贬谪生涯中，仍然怡然自得，懂得享受人生的原因吧。

在唐代诗人中，他独独欣赏白居易，白在忠州刺史任内，种树在城的东坡。有诗云："持钱买花树，城东坡上栽。""何处殷勤重回首，东坡桃李种新成。"子瞻正巧也两次贬谪杭州，自觉生涯与白居易颇相似，有赠友人诗云："我似乐天君记取，华颠赏遍洛阳春。"去杭州诗云："出处依稀似乐天，敢将衰朽较前贤。"因此谪居黄州时，筑室于东坡，自号东坡居士。可见他的这个别号，是另有一番深意的。

东坡的一生，真可称得多彩多姿。由于他的老师欧阳修有心"避此人出一头地"，把他推荐给朝廷。起初颇得朝廷的赏识，只因与王安石政见不合，累遭贬谪，万里投荒到海南岛。又以放逸不羁的诗文，触忤了当道，造成所谓"乌台诗案"的文字狱，几乎断送了性命。例如他从黄州获赦回来，正值神宗皇帝晏驾不久，他却无意中作诗题壁云："山寺归来闻好语，野花啼鸟亦欣然。"朝廷认为他把皇帝的死讯当作好语，像是庆幸皇帝之死。幸亏宣仁皇后对他非常赏识，特地为他辩明，才得免于一死。他原是书生本色，哪懂得猜忌者对他的加罪是何患无词的呢？林语堂先生在《苏东坡传》序中说："他天生不善于政治的狡辩和算计，他即兴的诗文或批评某一件事的作品，都是心灵自然的流露。……他始终卷在政治旋涡中，却始终超脱于政治之上。"可说是彻底了解这位大文豪的异代知音。

政治生涯的颠簸，使他体会到世态的无常，也领悟了生命的真谛。加以他横溢的才情、旷达的胸襟与丰富的幽默感，使他在处世态度上像是游戏人间，其实却是热爱人生。他曾对弟弟子由说："眼前见天下无一个不好的人。"心胸之光明坦荡，于此可见。他的词波澜壮阔，变化万端，有记事，有抒情，有咏史，有咏物，有感怀身世，有讥论古今。因此扩大了词的领域，拓展了词的题材。正有如他的绝句所说："横看成岭侧成峰，远近高低各不同。"

无论是悲歌慷慨，或嬉笑怒骂，每一首都有他独特的风格。那就是说，每一首词里都能找得出东坡的自我。这就是他在文学上所达到的最高境界——真。

读东坡词，谁都会琅琅然吟出他的《念奴娇·赤壁怀古》：

> 大江东去，浪淘尽，千古风流人物。故垒西边，人道是，三国周郎赤壁。乱石崩云[①]，惊涛裂岸[②]，卷起千堆雪。江山如画，一时多少豪杰。　　遥想公瑾当年，小乔初嫁了，雄姿英发。羽扇纶巾，谈笑间，强虏灰飞烟灭。故国神游，多情应笑我，早生华发。人生如梦，一樽还酹江月。

这是一首咏史词。东坡谪居黄州，游赤壁矶时所作。赤壁矶并不是真正周瑜破曹兵之处。真正的赤壁应在湖北嘉鱼县东北，所以东坡巧妙地以"人道是三国周郎赤壁"一句点出。起首三句真如长江滚滚而来，悲凉壮阔，情景双生，掀起了无限兴衰之感。石以"乱"来形容，刻画出山的多，也衬托出山的气势与力量，所以才能分裂开云层。加以悬崖下奔腾的浪花似雪，这是一幅多么雄伟的动态描写。乱石、崩云、浪花，千古依旧，而当年叱咤风云的人物，如今又在何处？紧接着下面以"小乔初嫁了"呼应

---

① 　别本作"穿空"。——作者注
② 　别本作"拍岸"。——作者注

"风流人物"，"羽扇纶巾"也具体地勾画出英俊的周瑜。"灰飞烟灭"讥讽了狼狈的曹阿瞒。先写眼前景物，后写抚今追昔的感慨，最后以"多情应笑我"转到自身。感叹岁月不居，人生如梦。只得举清樽酹江月，以达观洒脱语作结。

他对英雄人物的追思，正表示他原有满腔热忱与抱负。可是他是党争中的被牺牲者，世态的炎凉，政途的现实，他已深深领悟到了。心情也由沉痛转为豁达，由矛盾获得统一，由激荡趋于平静。况且他的感情、思想是融合了儒佛道三家的精神，所以江上清风和山间明月，都是他心灵的寄托。读此词当与他的"前后赤壁赋"并看，更可以体认我们的词人那一派"逸情豪气，超乎尘埃之外"的精神。

这首词是东坡豪放风格的代表作。陆放翁赞他为"天风海雨逼人"。时人谓当由关西大汉鼓铁绰板铜琵琶而歌。但陈师道说他"教坊雷大使之舞，虽极天下之工，要非本色"。其实东坡对词革命性的贡献，也正在这一点上。他使得词不必依赖严谨的格律，也不必借助于音乐，而由其本身的气势、格调、境界表现出独特的美。尤其以他的豪情，不愿受刻板格律的约束。吟到酒酣意足之处，就任意改变句法。他是常常不顾格律的。例如他的《水龙吟·咏杨花》"细看来，不是杨花，点点是离人泪"，依词调当为"细看来不是，杨花点点，是离人泪"。即五、四、四断句。而东坡却突破了句法的限制，以三、四、六断句。他自谓平生有三不如人，着棋、吃酒、唱曲。其实，即使是关西大汉唱"大江东去"，又未始不能唱出东坡自创的乐章呢？吾师夏承焘先生曾赞叹"东坡在词的方面，可说是罪魁，也是功首"，他的意思是说东坡破坏了词的旧格律，却创造了词的新风格，此话最有见地。他因才高，又富创造精神，所以有时以诗的句法作词，有时以散文气势作词，有时却将旁人的词改写成另一首词，例如张志和的《渔歌子》是尽人皆知的："西塞山前白鹭飞，桃花流水鳜鱼肥。青箬笠，绿蓑衣，斜风细雨不须归。"东坡非常喜欢，因曲度不存，随将此词加了两句，改为《浣溪沙》歌唱："西塞山前白鹭飞。散花洲外片帆微，桃花流水鳜鱼肥。自披一身青箬笠，相随到处绿蓑衣。微风细雨不须归。"虽是游戏之作，却也见得他兴会之高。

东坡豪放风格，对后来影响最深的是辛弃疾。尤其是这一首《念奴娇》，那一份对古代英雄人物和壮丽山河的思慕，激荡着辛幼安的满腔悲愤和爱国热忱。辛的一首《永遇乐》怀古词中的"千古江山，英雄无觅孙仲谋处。舞榭歌台，风流总被雨打风吹去"，与东坡此词是同一笔调，只是幼安处境不同，北望中原，感慨尤深，词也更为沉咽了。

东坡的才情，并不局限于豪放一格。他能豪放也能婉约，能洒脱也能缠绵。试读他的《蝶恋花》："云鬟鬇松眉黛浅。总是愁媒，欲诉谁消遣。未信此情难羁绊。杨花又有东风管。"婉转缠绵，与《大江东去》的笔调又迥然不同。可见他是位"无意不可入，无事不可言"的大才。

再来欣赏一首豪放与柔媚之间的名作：

水调歌头

丙辰中秋，欢饮达旦，大醉，作此篇，兼怀子由。

明月几时有？把酒问青天。不知天上宫阙，今夕是
何年。我欲乘风归去，又恐琼楼玉宇，高处不胜寒。起
舞弄清影，何似在人间？　　转朱阁，低绮户，照无眠。
不应有恨，何事偏①向别时圆？人有悲欢离合，月有阴晴
圆缺，此事古难全。但愿人长久，千里共婵娟。

既是中秋，抬头便见一轮明月，却偏偏要问一句"明月几时
有"，可见词人内心因在异乡度佳节，说不尽的辛酸滋味。比起李
白的"青天明月来几时，我今停杯一问之"的心情是不同的。下
面再问一句"今夕是何年"显得更痴傻。起首四句包含的意思是
非常复杂的。第一，想到天上与人间的景况也许不相同，人间有
许多明争暗斗，许多伤离怨别，天上应该没有吧？第二，天上也
可能比喻朝廷，他远被贬谪，今夜中秋，大家望的是同一轮月亮，
神宗可曾想到他呢？因此下文才说自己想"乘风归去"，偏偏又归
不得。因为高高在上的皇帝，未必顾念到他吧。黄蓼园说此是见
月思君之词。据说神宗读至"琼楼"之句，叹息道："苏轼终究是
思念我的。""乘风归去"当然也有摆脱尘欲之意，但人生既必须

---

① 别本作"长"。——作者注

面对现实，倒不如将人间也看作天上。所以他"起舞弄清影"以自我排遣忧愁，觉得人间天上也无甚差别了。上阕是极力从豁达处着想，是妙语双关的空灵落笔。下阕却切切实实地写到人间无可弥补的缺憾。"转朱阁"三句，细细写月光着意地照着失眠的人，就想不抱怨也不能够，因而再问一句"何事偏向别时圆"？"不应有恨"是指自己的恨还是指月亮也有恨呢？他也感到惝恍迷离了。最后悟到月的阴晴圆缺，人的悲欢离合原是千古不易，无可改变的情态，只好怀着一点微弱的盼望：人能长寿健康，亲人能多多团聚。怀念手足的一片至诚，溢于字里行间。

这首词委婉、曲折，却又一气呵成，脱化前人之句而不落痕迹，于自然处见真情，无怪成为千古绝唱。《苕溪渔隐丛话》说："中秋词自东坡水调歌头一出，余词尽废。"赞得不算过分。

东坡的咏物词，亦是别具一格。他的《水龙吟·次韵章质夫咏杨花词》，就是一首最好的例子：

似花还似非花，也无人惜从教坠。抛家傍路，思量却是，无情有思。萦损柔肠，困酣娇眼，欲开还闭。梦随风万里。寻郎去处，又还被莺呼起。　　不恨此花飞尽。恨西园落红难缀。晓来雨过，遗踪何在，一池萍碎。春色三分，二分尘土，一分流水。细看来，不是杨花，点点是离人泪。

王国维说此词和韵而似原唱；质夫的原唱反似和韵，"才之不可强也如是"。认为章词不能与苏词匹敌。其实，章词中"傍珠帘散漫，垂垂欲下，依旧被风扶起"之句，惟妙惟肖，也真的描绘出了杨花随风飘坠的慵懒姿态。可是细读来也只有此三句警语，而全首词句句都黏在杨花上写，虽细腻而颇见斧凿痕迹，评者讥为"织绣功夫"，显然缺乏苏词那一份超脱流荡的气派。本来和韵词是最难作的，话都被原作说完了。可是东坡却能另辟境界，超越原作，不能不叹佩他才情之高绝。我们且来逐段欣赏：

　　首句虽似由白居易的"花非花，雾非雾"化出，在章法上却是悬空着笔。第二句点出"坠"字，以下就从"坠"字上着墨，又句句是活的、动的。以"抛家""思量""柔肠""娇眼"等字眼，赋予杨花以活泼的生命，也描绘出杨花的情致。"梦随风万里"一句又荡开，隐喻离人思妇对万里外情人的思念。换头一句故意用反笔，而以落红萍叶为陪衬，平添了红、绿、白对比的色彩，泛现了鲜明的形象。也巧妙地运用了"杨花化萍"的故事，烘托出闺中幽怨和情思的飘忽。"春色三分"以下至结句，五、四、四句法改为三、四、六句法，不受格律拘束，真是神来之笔，首尾呼应。似花？非花？还是离人泪，扑朔迷离，愈模糊却愈具象，且以形状上毫不相似的杨花比眼泪。上阕以杨花比人，下阕从人看杨花。咏物词到此已入化境，为后来南宋咏物词树立了规范。到辛弃疾而更为精进。王碧山有时虽可企及，可是为政局所限，欲言而不敢言，所以他的词都是沉咽的低调，没有东坡的豪放沉雄之笔，这也是环境使然。

下面是另一种风格的一首《定风波》：

> 莫听穿林打叶声。何妨吟啸且徐行。竹杖芒鞋轻胜马，谁怕？一蓑烟雨任平生。　　料峭春风吹酒醒，微冷，山头斜照却相迎。回首向来萧瑟处。归去。也无风雨也无晴。

读此词仿佛看见一位竹杖芒鞋、仙风道骨的老人，飘飘然向你走来。带领你进入忘忧的神仙境界。何等的清新、洒脱。"一蓑烟雨任平生"道出了他饱经忧患之后的心境。山雨过后，斜照相迎。景象的变化，在悟道的东坡看来，却是"也无风雨也无晴"，这就是他词中的禅机。是有宋一代其他词人所没有的特色。正如他的诗"梦里似闻迁海外，醉中不觉到江南"，对于荣枯祸福，他把它当梦境看，且出之以欣赏的态度。他的《八声甘州》中有句云："不用思量今古，俯仰昔人非。谁似东坡老，白首忘机。"真的，谁能有他这样洒脱忘机的人生观呢？

东坡诗词多寓佛老哲理，如他悼一位和尚朋友的诗："三过门间老病死，一弹指顷去来今。存亡惯见浑无事，乡土难忘尚有心。"明白地说出了人世的无常幻灭。正因如此，他才能处贬谪中而怡然自得。他自谓："生事狼狈，劳苦万状，然胸中亦自有悠然处也。"他在黄州时，有一次夜间乘醉归来，作了一首《临江仙》：

"夜饮东坡醒复醉,归来仿佛三更。家童鼻息已雷鸣。敲门都不应,倚杖听江声。长恨此身非我有,何时忘却营营。夜阑风静縠纹平。小舟从此逝,江海寄余生。"童子酣睡不开门,他就倚杖听起江声来,从浩浩江水中领悟了"此身非我有",因而忘却营营。充分表现出他豁达的人生观。最有趣的是第二天盛传东坡已挂冠挐舟长啸而去,急坏了郡守,赶到他家一看,他正睡得鼾声如雷。他原是醉中信手拈来之句,却无意中捉弄了官老爷,想见他的洒脱有趣。他处琼州瘴疠之地,写给弟弟子由诗中还说"他年谁作舆地志,海南万里真吾乡"。比起唐朝的韩愈愁眉苦脸地吟着"马后桃花马前雪,出关那得不回头"的伤心之句,气概完全不同。

他前后两次出知杭州,这使他享尽了天堂中的清福。在西湖筑了一道沟通南北的长堤,杭人称之为"苏公堤",与白居易所建的"白公堤"都为湖山生色不少。而秀丽的湖山也确实给了东坡不少灵感,所以他在杭州作的诗特别多。他赞美西湖:"水光潋滟晴方好,山色空蒙雨亦奇。欲把西湖比西子,淡妆浓抹总相宜。"西湖因此成为举国闻名的西子湖。另有一首绝句云:"未成小隐聊中隐,可得长闲胜暂闲。我本无家更安往,故乡无此好湖山。"可见他对杭州的眷恋。

他尽情地啸傲林泉,享受闲适生活。可是骨子里他实在是个最富于感情的人。对兄弟、对妻子和对朋友都流露出他的深情。他在狱中给弟弟子由的诗:"是处青山可埋骨,他年夜雨独伤神。与君今世为兄弟,更结他生未了因。"正是无限手足之情。他明知

"月有阴晴圆缺，人有悲欢离合，此事古难全"，可是对于生死别离，他还是感到刻骨铭心的伤痛。试读他的《江城子》悼亡妻的词，有如峡猿蜀宇，凄断人肠。

十年生死两茫茫，不思量。自难忘。千里孤坟，无处话凄凉。纵使相逢应不识，尘满面，鬓如霜。

夜来幽梦忽还乡，小轩窗，正梳妆。相顾无言，惟有泪千行。斜得年年肠断处，明月夜，短松冈。

"不思量，自难忘"，写出无可奈何的生离死别，并没有刻意思量，却自是难于忘怀，多么真挚。坟是孤坟，又是千里孤坟，读之情景凄凉。梦中泪眼相看，却何曾知道是梦，正有如后主的"梦里不知身是客，一晌贪欢"一样的沉痛。一枕梦觉，更是渺茫。只有在松林明月中，追忆断肠往事了。

他不但对家人，就是对追随他的歌姬，都非常眷恋。他因贬往琼州，将歌姬碧桃送到江西昌都，赠她一首诗："鄱阳湖上昌都县，灯火楼台一万家。水隔南山人不见，东风吹老碧桃花。"总是不能忘情。再看他与钱塘名妓朝云的一段姻缘更是感人。东坡南迁时，只有朝云依依相随。朝云生性聪慧，而又体弱多病，东坡教她学书学佛，所谓"经卷药炉新活计，舞衫歌扇旧姻缘"。患难相依，无限知己之感。东坡教她唱一首《蝶恋花》词："花褪残红青杏小。燕子飞时，绿水人家绕。枝上柳绵吹又少，天涯何处无芳草！墙里秋千墙外道，墙外行人，墙里佳人笑。笑渐不闻声渐悄，多情反被无情恼。"朝云唱到"枝上柳绵吹又少，天涯何处无芳草"之句，泪满襟袖。东坡问她何以这般伤感，她说我实在不忍唱此二句。东坡说："我正在悲秋，你又伤春了。"不久朝云抱病，口诵《金刚经》四句而卒。东坡终身不再唱此词，为她写的悼亡诗有"伤心一念偿前债，弹指三生断后缘"之句。并作《西江月》追悼她云："高情已逐晓云空，不与梨花同梦。"可见他对朝云的一往情深。最巧合的是朝云姓王，东坡原配夫人和继室也都姓王。朝云信佛，王氏夫人也信佛，临危时命其子画西方阿弥陀佛而终。东坡与释家友谊至深，是否也是受妻妾的影响呢？萧继宗先生《友红轩词话》分析东坡的感情云："大抵多情人最工作茧，东坡亦工于作茧，看去将自缚，但此老临时忽化蛾飞去，此其超脱处也。"在我看来，东坡对朝云，岂能化蛾飞去耶？

东坡对歌妓，有深情款款的，也有题扇作画，逢场作戏的。例如他有一次戏与琴操以诗语参禅，随口念了白居易的"门前冷落车马稀，老大嫁作商人妇"。琴操顿悟，立刻削发为尼，这究竟是东坡的罪过还是功德呢？

他谪居黄州时，有一个营妓李琪慕名求诗，他提笔在她扇子上写了四句："东坡七载黄州住，何事无言及李琪。恰似西川杜工部，海棠虽好不留诗。"见得他多么风趣？

在文字上，他是如此风趣，在生活上，他也是个十足懂得享受的人。他喜欢吃肉，性又爱竹。有诗云："可使食无肉，不可居无竹，无肉令人瘦，无竹令人俗。人瘦尚可肥，俗士不可医。旁人笑此言，似高还似痴？若对此君还大嚼，世间那有扬州鹤。"后人相传的所谓东坡竹，就是他把题诗的剩墨洒在竹林中，枝叶遂带墨痕。东坡的字风神飘逸，解放规矩，与唐人注重严整的气魄不同。他有一首论书诗，自负地说："我虽不善书，晓书莫如我。苟能通其意，常谓不学可。"他曾在常州报恩寺板壁上题字数遍。党祸起后，他的墨迹都被搜毁。寺僧以厚纸糊壁，涂之以漆，保全了他的字。高宗时诏求他的墨迹，老头陀告诉郡守，揭去漆纸，字画宛然。他传诸后世的一幅极著名的画是《万竿烟雨图》。上有文徵明题字云："东坡先生喜画石竹，恒自重，不妄与人，故传世绝少。而此帧尤为清雅奇古，无一点尘俗气，信非东坡不能也。"可见他的诗、词、字、画与人格都是统一的。

他风趣横溢，在贬谪生涯中，十足表现了他幽默的、游戏人间的态度。比如他有一首古诗《薄薄酒》说："薄薄酒，胜茶汤。粗粗布，胜无常。丑妻恶妾胜空房。"绝非道学先生所敢写。他曾作了首吃猪肉的诗："黄州好猪肉，价钱等粪土。富者不肯吃，贫者不解煮。漫着火，少着水，火候足时他自美。每日起来打一碗，饱得自家君莫管。"可以说是我国最古典的有韵食谱了。

东坡游戏人间，却不游戏感情。他洒脱却又不是出世。许多时候，他仍不能免于执着，因而还是为现实的是非荣辱所苦恼。他的和尚好友佛印曾写信劝他说："子瞻胸中有万卷书，笔下无一点尘。到这地步，不知性命所在，一生聪明要做什么？三世诸佛，则是一个有血性的汉子，子瞻若能脚下承当，把一二十年富贵功名，贱如泥土，努力向前，珍重珍重。"一语点破，东坡自有所悟。这也是他诗词中多寓禅理的原因。

写到此，我想起童年时代塾师讲的关于东坡与佛印的一个故事。东坡有一次月夜泛舟，对朋友说："佛印这和尚太贪吃，今晚酒菜不多，就别告诉他。"他们在湖上游兴甚浓，东坡提议作对子，必定要什么拨开，什么出来，下面接两句"四书"上的四字句。他随口就念"乌云拨开，明月出来，天何言哉，天何言哉"。朋友接道："荷叶拨开，游鱼出来。得其所哉，得其所哉。"二人正拊掌而笑，船舱里忽然冒出一个和尚，嘴里念道："舱板拨开，佛印出来。人焉瘦哉，人焉瘦哉。"这个故事，当然是虚构的，但一直为我津津乐道，特附志于此，以博读者一笑。

他向往佛老的清静无为，因而特别服膺陶渊明。他贬居惠州时，曾和陶诗四卷，自谓"饱食惠州饭，细和渊明诗"。又作了一首长调《哨遍》，隐括《归去来辞》。他赞叹渊明说："欲仕则仕，不以求之为嫌。欲隐则隐，不以去之为高。饥则扣门而乞食，饱则鸡黍以迎客。古今贤人，贵其真也。"

"真"，是千古颠扑不破的真理。王国维所谓："词人者，不失其赤子之心也。"东坡有一颗赤子之心，可是世途险恶，他以一片真诚待人，仍不免趋炎附势者的陷害。例如，他非常赏识李定、章惇二人，赠章诗有云："早岁归休心共在，他年相见话偏长。"没想到后来的"乌台诗案"，李定竟是第一个检举他的人，而议定贬谪地点，却是章惇出的主意。以各人名字偏旁配合地名，将子瞻贬在儋州。世态人心，岂是纯真的东坡所能想象？

东坡与王安石在政治上是死对头，他的父亲讥讽王介甫"囚首垢面而谈诗书"。可是东坡仍把安石当作朋友。司马光当政之后，东坡认为王安石的新政"免役法"有保存之必要而与司马光争执，足见他的大公无私与天真可爱。安石罢相以后，退居金陵，既老又病。东坡去看他，还和了他一首诗："骑驴渺渺入荒陂，想见先生未病时。劝我试营三亩宅，从公已觉十年迟。""从公已觉十年迟"，无限沧桑之感。

政治本来是座转瞬即逝的舞台。如今一切都成过去，安石老了，东坡也老了。正如他《西江月》中感慨的"世事一场大梦，人生几度新凉"。那么究竟谁才是真正"白首忘机"的人呢？

由于以上所引的许多故事，可以想见东坡多彩多姿的一生，和他豪迈的性格、丰富的感情，在词中所表现的真实生命。

最后再欣赏一首他的《卜算子》：

> 缺月挂疏桐，漏断人初静。时见幽人独往来，缥缈孤鸿影。　　惊起却回头，有恨无人省。拣尽寒枝不肯栖，寂寞沙洲冷。

缺月疏桐，点染出新秋的静。幽人唯有在静夜无人时才如缥缈的孤鸿，独自往来。写出一派遗世独立的孤高风格。可是这个幽人是否真能遗世呢？不，他仍旧有恨，一腔无人可以倾诉的恨。故曰："无人省。"他拣尽寒枝，不肯栖息，只得永久徘徊在寂寞的沙洲。一个不肯随俗浮沉，孤芳自赏的高士，就只有寂寞一辈子了。黄山谷赞美他"语意高妙，似非食烟火人语"，杜甫的咏佳人诗"在山泉水清，出山泉水浊。天寒翠袖薄，日暮倚修竹"，辛弃疾的"蓦然回首，那人却在灯火阑珊处"，所表现的正是同一派孤高风格，落寞心情。一个真正热爱人生的人，反而时时有一股刻骨铭心的寂寞感。这正是庄子之所以遁世，而执着的诗人词人之所以痛苦难以自拔的原因吧。

有的人认为这首词是东坡为一个惠州温都监之女超超而作。据说超超非常仰慕东坡，东坡每有吟咏，她就徘徊窗外不忍离去，及至东坡贬谪归来时，超超已殁，葬在沙洲，所以东坡作此词悼念她。这一段悲剧性的爱情故事，却给这首词抹上了神秘的浪漫气氛。无论这故事是真是假，无论东坡是为了悼念在默默中爱慕他的女孩子，或是自抒去国流离的忧思，这首《卜算子》的写作技巧和在艺术上的价值，都是值得欣赏的。千载后的读者，无妨只就此词的本身，欣赏那一份扑朔迷离的美。正如欣赏李义山的《锦瑟》诗，又何必追根究底于词人写作的动机呢？所以我认为，以东坡的人生经历和他词作的多面风貌，若要追究他首首词的真意何在，不如就引他自己的诗，说他是"横看成岭侧成峰，远近高低各不同"吧。至于他的人生观呢，那就是"也无风雨也无晴"了。

宝帘闲挂小银钩

——秦观（少游）

北宋婉约的词风，自晏氏父子、欧阳修、柳永至秦少游，已臻登峰造极之境。而少游词作之清丽，词心之细密，可说还超越了欧晏柳。他糅合了诸家之长，而能独树一格，发出了绚烂的异彩。

少游名观，号太虚，扬州高邮人；才情豪隽，诗文词章，名震当时，为"苏门四学士"之一。苏轼非常赏识他，推荐他为太学博士兼国史院编修官。可惜他的宦途并不得意，而且时常陷于穷困。他给故人钱穆父的诗说："三年京国鬓如丝，又见新花发故枝。日典春衣非为酒，家贫食粥已多时。"穆父立刻送了他两石米。继而又以元佑党祸的连累，被贬至杭州、处州、柳州、雷州，最后卒于藤州，年仅五十三岁。他的词集名《淮海居士长短句》。他于远适异域、辗转流离中，作品自是充满了去国怀乡，与坎坷身世的悲叹。文章憎命，千古同悲。但文学是苦闷的象征，《淮海集》中的许多篇章之所以荡气回肠，也正是由于他游子情怀与相思别离之苦的抒写吧。

少游的词，风格也是多方面的。他和东坡是好友，所以多多少少也受到东坡的影响。可贵的是他能取东坡的豪迈，以调和欧晏的柔媚。他且兼有柳永的浓丽，而不流于俚俗。所以格外清新可爱。现在先来引一首最足以代表他清丽凄迷一面的《浣溪沙》作一番欣赏：

> 漠漠轻寒上小楼。晓阴无赖似穷秋。淡烟流水画屏幽。　　自在飞花轻似梦，无边丝雨细如愁。宝帘闲挂小银钩。

此词主题是写春思，起首"漠漠"二字，即予人以一份不可捉摸的朦胧之感。接着是"晓阴""淡烟""飞花""丝雨"，一连串地愈来愈朦胧，也愈来愈凄迷。写的明明是料峭的春寒，而全词没有一个春字，有的偏偏是第二句中一个"秋"字。这就是作者婉曲的笔触，也是他凄苦的词心。在愁人心目中，哪怕烂漫的春光，也变成了无赖的穷秋。寒冷给人的感受也是有差别的。索性是刺骨严寒，充满了肃杀之气，此心也就如死灰槁木了。偏偏是最难将息的轻寒，加上捉弄人的似梦飞花，无边细雨，真个是"剪不断，理还乱"。可是我们的词人并不是一味的愁苦，他于凄迷中幡然有了新的领悟，而于末句拈出一个"闲"字。我们试再咀嚼此句："宝帘"是多么的绚丽？"小银钩"是多么的精巧？

这两样闪烁发光的饰物，透过一片凄迷，正象征他所领悟的新境界——闲挂小银钩的静中之趣。这是五代词人所不可企及之处。难怪王国维对此句也极为激赏，谓更胜于他的"雾失楼台，月迷津渡"。东坡词多禅语，而禅理未免把人生看得太穿了。例如他的"回首向来萧瑟处，归去，也无风雨也无晴"，把人世的悲欢离合看作无常的风雨阴晴，司空见惯，也就想开了。而少游却非常执着地迷恋，乃能于"宝帘闲挂小银钩"中领略那一分清淡的怅惘。这是何等深远遥渺的情致？蔡伯世比较他们二人说"子瞻辞胜于情，不及少游情辞相称"，说得也不无道理。

在技巧上，此词落笔层次分明。先写楼外的气候，次写楼中画屏，再次写景色，最后写情景交融之境。而"自在飞花"一句，造语尤工。一般都以具象的名物，形容抽象的愁。如贺方回名句："若问闲愁多几许，一川烟草，满城风絮，梅子黄时雨。"以烟草、飞絮、黄梅雨比无边无尽的闲愁。少游《千秋岁》中的"落花万点愁如海"，以海比愁；《减字木兰花》中的"欲见回肠，断尽金炉小篆香"，以寸断炉香比愁肠。而此处欲以抽象的梦比具象的飞花，以抽象的愁比具象的丝雨。这使我不由得想起20世纪30年代一位女作家的名句："雨后的青山，好似泪洗过的良心。"以抽象的良心比具象的青山，觉得格外玲珑可爱。

楼外景物，室内气氛，都已点染出了，最后才写到寂寞的楼中人。飞花雨丝都是飘荡不定的，而宝帘上所挂的小银钩究竟是动的还是静的呢？如果有微风吹来，银钩定会发出叮叮的悦耳之音，这就留给读者自己去想象了。画屏宝帘有色，银钩有光，把一间独处的屋子衬托得热闹温暖了没有呢？这又得留给读者去体味了。因为境由心造，心情凄苦时，再热闹也是寂寞的，再温暖也是寒冷的。诗人词人往往有意以热闹繁华的文笔反衬凄清。例如辛弃疾写正月十五的灯"东风夜放花千树，更吹落星如雨。宝马雕车香满路，凤箫声动，玉壶光转，一夜鱼龙舞"，是再热闹也没有了。可是他反衬的是那个灯火阑珊处的孤独者。这种反衬笔法，效果最大。其次再来欣赏他另一首哀婉缠绵的《踏莎行》：

　　　雾失楼台，月迷津渡。桃源望断无寻处。可堪孤馆闭春寒，杜鹃声里斜阳暮。　　驿寄梅花，鱼传尺素。砌成此恨无重数。郴江幸自绕郴山，为谁流下潇湘去。

　　此词是少游因党祸谪居郴州时所作。首二句，"失"与"迷"两字就点染出一片凄迷气氛。晓雾易散，而月中之雾却是愈来愈浓重，象征别离情绪之愈来愈悲伤。紧接着联想到陶渊明的理想国，虽同在湘南，欲是无可寻觅。"可堪孤馆闭春寒，杜鹃声里斜阳暮"，是王国维最激赏之句，赞"可堪"二字，近乎凄厉。"馆"以"孤"写之，其实馆不孤，只是人孤耳。其心情之落寞可知。笔者更认为他故意连用"可堪""孤馆"两组双声字，来表现他心理上的颠簸不平、命运上的坎坷，这是他深深懂得运用文字的音韵之美。此词明白点出春寒，与前首以"穷秋"比喻春寒者不同。

但前首的主题就写春寒，故有意隐藏"春"字。此首是以春寒气候烘托背景，故须点明。此所谓写景求其显，写情求其隐也。"斜阳暮"三字，黄庭坚认为重复，认为当改为"帘栊暮"则差胜，或改"暮"写"度"字，其实都不及原词好。胡仔《苕溪渔隐丛话》引东坡的"回首斜阳暮"与周美成的"雁背斜阳红欲暮"证明并不重复。其实并不必引他人之作证明，文学作品所显示的意象，人各不同，视当时情景而异。周词是以雁衬托斜阳，且点染了红色，自是佳构；东坡之句是主观的写心境，非写斜阳；少游则以杜鹃声陪衬斜阳，又是一种凄厉境况。过变处"驿寄梅花"二句，以落实之笔写即使互通音书，也难寄离恨无穷。结语的"郴江幸自绕郴山，为谁流下潇湘去"于空灵疏淡中，寓无限缠绵悱恻之情，显得一切都是无可奈何。上句中一个"幸"字用得极妙，包含了无限的埋怨之意。一则是羡慕郴江得以绕着郴山流，永远相依相守不分离，不像他和心爱之人的不得相见，所以说它"幸"。下句却又问它"为谁流下潇湘去"，未免又怪它的多事和痴。这个"谁"又是指的谁呢？当然是心中思念之人了。总之，扑朔迷离之情，就不免痴痴傻傻，语无伦次了。凡此等句，就是委婉曲折得非时所能表达的了。比如"欲寄两行相忆泪，长江不肯向西流"，也是写流水，写别离，也是埋怨口气，但读来总觉太直太浅，是经不起反复低回的。

要知道这首词还包含了一段凄美的恋情。少游南迁长沙时有一位歌姬非常倾心于他，愿托终身。少游因道路流离，不忍带往贬所，作此词为赠。少游在藤州去世时，歌姬已先一日得梦。灵枢运到长沙，她在途中祭奠后即自缢殉情。真个是"为谁流下潇湘去"啊！

东坡对此二句极为激赏。少游去世后，他叹道："少游已矣，虽离人何赎！"遂将此二句写在扇面上永志哀悼。豪逸的东坡，对爱姜朝云之死，也吟了"高情已逐晓云空，不欲梨花同梦"。千古词人，有几人能真个太上忘情呢？

东坡与少游交谊最深。在他俩尚未相识之时，少游就很仰慕东坡。有一次知东坡将至，就模仿东坡笔迹，题诗于山寺壁上。东坡几乎不能辨认。后来又读到他的诗词，惊叹前此题诗者定是此人。自此遂成莫逆。东坡赏识他的才华，把他和他的诗文一并推荐给王安石说："词格高下，已无逃于左右，此外综博史传，通晓佛书，此类未易一一数也。"王安石也大为赞赏他清新如鲍谢。说："公奇秦君，口之而不置，我得其诗，手之而不释。"他和东坡尽管政见不合，此等处究竟见得读书人爱才本色。东坡与少游见面时，相互批评作品，毫无保留。东坡责怪少游的《满庭芳》中"销魂当此际"学柳永，又批评他《水龙吟》的"小楼连苑横空，下窥绣毂雕鞍骤"，十三字只说得一个人骑马楼前过。其实"小楼"句是为了一个营妓娄东玉而作；东玉美艳能文，与少游过从甚密。少游这首词，写出了他们旖旎风光的韵事；倒是一首十足的艳词，亦足见少游笔触之细腻。《水龙吟》全词如下：

小楼连苑横空，下窥绣毂雕鞍骤。疏帘半卷，单衣初试，清明时候。破暖轻风，弄晴微雨，欲无还有。卖花声过尽，斜阳院落，红成阵飞鸳鸯。　　玉珮丁东别后，怅佳期参差难又。名缰利锁，天还知道，和天也瘦。花下重门，柳边深巷，不堪回首。念多情，但有当时皓月，向人依旧。

　　先从楼上看楼下街上的热闹，再写屋内清明温暖气氛，"破暖轻风，弄晴微雨"二句，对得工整。一种早春微微的暖意再加上飘忽忽的雨丝。"弄"字与"破"字相对，精巧之至。"欲无还有"四字，指的是一忽儿阳光，一忽儿见雨，所以叫作"弄"。女性的情怀有时也是不可捉摸如春天的天气，少游可能也有暗喻之意。下片写别离情绪，坦白承认自己的为名为利，连天也会同情。一个"瘦"字韵脚，押得既俏皮又生动。只见说"花瘦""月瘦""人瘦"的，他却说"天瘦"。此词首句的"小楼"，和下句的"玉佩丁东"，包含"楼东玉"三字。

　　尽管他对东坡说"我再没学问，也不学柳七"，但无可讳言的，此词之艳丽与缠绵的情调，却非常像柳永。尤其是"名缰利锁"等句。但最后"念多情"三句，却又回到凝重。此少游之终究不同耆卿耶?

　　这位风流自赏的秦学士，宦途中到处留情。当他在京师宴饮时，与座中一位美丽的歌姬碧桃，又是一见钟情。怎奈主人不肯割爱，他就偷偷作了三首《虞美人》赠她。其一云：

> 碧桃天上栽和露，不是凡花数。乱山深处水萦回，借问一枝如玉为谁开。　　轻寒细雨情何限，不道春难管。为君沉醉又何妨？只怕酒醒时候断人肠。

又有一次在蓬莱阁，与一位美艳歌姬两情缱绻。后来就为她写下了那首脍炙人口的《满庭芳》。少游结下这许多文字姻缘，于难解难分中，却又时时想摆脱，甚至想修仙学道，足见他心情的矛盾。他有一个侍儿朝华，对他一往情深。少游为她赋诗云："天风吹月入阑干，乌鹊无声子夜闲。织女明星来枕上，了知身不在人间。"那时朝华芳龄十九。三年后，少游要断绝尘缘，修仙学道，竟把朝华送还她的父母，嘱她再嫁。临别时朝华哭泣不已，少游又赠诗云："月雾茫茫晓析悲，玉人挥手断肠时。不须重向灯前泣，百岁终当一别离。"而专情的朝华不肯再嫁，二十多天后仍要求回来，少游只好再收留下来。第二年，他出仕钱塘，与道人论修仙之道，认为朝华妨碍他修仙，又硬把她送回，赠诗云："玉人前去却重来，此度分襟更不回。肠断云山离别处，斜阳古塔自崔巍。"不久，少游也远谪南荒。可是他把一段恋情了断得如此云淡风轻，真个有点薄幸呢。

少游谪藤州后忽忽不乐，还不及东坡吟"他年谁作舆地志，海南万里真吾乡"的洒脱。他的《千秋岁》就充分写出了他的别

097

绪离愁。词云;

> 柳边沙外，城郭轻寒退。花影乱，莺声碎。飘零疏
> 酒盏，离别宽衣带。人不见。碧云暮合空相对。　忆
> 昔西池会，鹓鹭同飞盖。携手处，今谁在。日边清梦断，
> 镜里朱颜改。春去也，飞红万点愁如海。

全词充满了悲怆的气氛。他的朋友孔毅甫读到"镜里朱颜改"
之句，认为他年纪轻轻的，不当如此消沉，还和了原韵劝他。送
别时，看他气色不佳，深深为他担忧。不久出游光华亭，与友人
吟梦中所得句："醉卧古藤阴下，了不知南北。"吟罢索水欲饮，
水到时，他却含笑而逝。古藤之句，竟成谶语。无疾而终，也算
修来。在今天看起来，他患的也许是心脏病吧。他好像自知不能
长寿，在生前就作了自挽的诗，其中写尽了自己的转徙流离之苦，
云："家乡在万里，妻子天一涯。孤魂不敢归，惝惝犹在兹。……
岁晚瘴江急，鸟兽鸣声哀。空蒙寒雨霖，惨淡阴风吹……亦无挽
歌者，空有挽歌辞。"满纸不祥短气之语，宜其不寿啊！他虽然英
年早逝，但也算过了相当多姿多彩的一生。他的《千秋岁》，在《淮
海集》中也是佳作。尤其最后三句："日边清梦断，镜里朱颜改。
春去也，飞红万点愁如海"，是传诵一时的名句。他的好友都有和
韵之作。而以东坡的"岛边天外，未老身先退""吾已矣，乘桴且
恁浮于海"最自然。山谷的"洒泪谁能会，醉卧藤荫盖""重感慨，

波涛万顷珠沉海"最沉痛。

现在让我们来欣赏他那首功力与感情同样深厚的《满庭芳》：

> 山抹微云，天黏衰草，画角声断谯门。暂停征棹，聊共引离尊。多少蓬莱旧事，空回首烟霭纷纷。斜阳外，寒鸦数点，流水绕孤村。　销魂。当此际，香囊暗解，罗带轻分。漫赢得青楼薄幸名存。此去何时见也，襟袖上，空惹啼痕。伤情处，高城望断，灯火已黄昏。

前文曾说过此词是写蓬莱阁所遇歌姬而作，但他一面伤别离，一面也是寄托自己政途坎坷的无限感慨。所以读来格外令人有一份重压心头的负荷。

此词结构异常细密，写景处是写情，写情处却又写景；虚实相间，情景交融。而一脉悱恻缠绵之情，流转于字里行间。首二句"抹""黏"二字，便是最着力处。[①]此二句不但对仗工整，而且是以"动"笔写"静"态。似乎是微云有意抹上远山，衰草有意黏着天边。惹人心绪烦乱，正如李后主的"砌下落梅如雪乱，拂了一身还满"是同样心情。再说云是苍白的，衰草是枯黄的，词人以一支彩笔渲染了阴沉的秋景，却不必点明秋字。然后以谯楼上画角之声暗示傍晚时分，光线的暗淡苍茫可以想见。首二句是

---

① 别本"黏"作"连"，论者皆认为远不及"黏"字。——作者注

视觉上的感受，第三句是听觉上的感受。而无穷无尽的山峦、斜坡，正象征愁的无穷。通过这个情景，就可以体会下面所写的别离的痛苦。"暂"与"聊"二字，写尽不得不分手的无可奈何之情。对"烟霭纷纷"蓬莱旧事的记忆，就由于眼前迷茫的情景所引起。"烟霭"与"微云"遥相呼应，情绪上亦相关联。紧接"斜阳外"三句，愈来愈凄厉。我们知道，"斜阳"是短暂的，"寒鸦"是凄苦的，"流水"是去而不返的，"孤村"是冷落的，这一切都不必明说，只客观点出四种名物，留给读者自己想象。寓情于景，景显而情隐。此虽借用隋炀帝的"寒鸦数万点，流水绕孤村"成句，但加"斜阳外"三字，境界全出。且于恋情之外，更有去国怀乡的无限落寞之慨。无怪晁无咎说："虽不识字人，亦知是好言语。"下片再度回忆当年旖旎风光的销魂旧事，写来率真，毫无掩饰。东坡讥讽他学柳七，似不当出诸文章知己者之口。一个词人之可贵处，即在其率真。后主的"划袜步香阶，手提金缕鞋"，晏小山的"记得小蘋初见，两重心字罗衣，琵琶弦上说相思"，写得同样的细腻露骨。况少游与青楼歌姬的艳情，自不同于东坡《卜算子》所写的"惊起却回头，有恨无人省"的虚无缥缈之爱。"此去何时见也"的"此去"，并非指作词之时，而是回忆以往分手之时。凡是回忆，总是颠颠倒倒，无次序的，一会儿写到眼前的景色，一会儿想到蓬莱旧事，一会儿又想到当时的别离情景。充分表现了心绪的纷乱，意识的跳跃流动。多少良辰美景，赏心乐事，却以"伤情处"三字做一总结。上片从回忆中醒来是斜阳满眼，下片再从回忆中醒来已是灯火黄昏。时间是逝去了，可是离愁别恨，却似暗淡的斜阳、昏黄的灯火，永远萦绕心头。

黄山谷的学生范元实①是少游女婿，为人沉默，在宴席间不发一言，一歌姬问他也懂得词吗？他笑道："你可知道我是山抹微云的女婿吗？"一时传为佳话。据记载，官宦们在杭州西湖游船，有一人唱少游这首《满庭芳》，将第三句的"谯门"误唱为"斜阳"，歌姬琴操予以纠正，唱者戏问她你能将错就错地将全首词改押"阳"字韵吗？琴操马上吟道：

> 山抹微云，天黏衰草，画角声断斜阳。暂停征辔，
> 聊共饮离觞。多少蓬莱旧侣，空回首烟雾茫茫。孤村里，
> 寒鸦万点，流水绕空墙。　魂伤，当此际轻分罗带，
> 暗解香囊。漫赢得青楼薄幸名狂。此去何时见也，襟袖
> 上空有余香。伤心处，高城望断，灯火已昏黄。

东坡闻之，大为赞赏。也足见当时歌姬才学之不凡。实由于宋代士大夫冶游风气盛行，与他们酬唱的女性都是又美艳又有才艺。那种高雅的社会生活形态，比诸今日高度发达的工商业社会，一味逐声色犬马的娱乐，不可同日而语。也格外神往于古人的闲情逸致。

---

① 史学家范祖禹的儿子，名温。——作者注

黄山谷和东坡都看不起柳永，东坡还把他和柳永并提，称他们"山抹微云秦学士，露花倒影柳屯田"。李易安讥柳永词语尘下，少游少故实如贫家美女，都未免太吹毛求疵了。《词林纪事》倒是评的："子瞻辞胜于情，耆卿情胜于辞，情辞相称者唯少游而已。"说得颇为中肯。平心而论，柳永自有他通俗口语化的特色。他作词的对象就是歌姬，没有什么重大的身世之慨，与少游仍不脱士大夫之气的胸怀自是不同，作品风格也自然有异。似不必以此谕诸家高下。易安的评语，亦失之于以偏概全。以少游的才情与文章议论之广，影响于词作，似尚不至如贫家女。例如他的《鹧鸪天》中句"甫能炙得心儿了，雨打梨花深闭门"，颇近大晏的典雅。《蝶恋花》中句："独立小楼云杳杳，天涯一点青山小"[1]，则似永叔的蕴藉。就算真如贫家美女，而淡装素服，亦未始不可与天下妇人斗美呢！

总之，少游的词虽无东坡"天风海雨迫人"的气概，而那一份清新秀媚之气，却是细细地、深深地流入读者心坎，使人沉醉，使人怅惘，使人于凄迷中领略柳暗花明的另一境界。不信再来吟诵他另一首脍炙人口的《鹊桥仙》：

纤云弄巧，飞星传恨，银汉迢迢暗度。金风玉露一相逢，便胜却人间无数。　　柔情似水，佳期如梦，忍

---

[1] 《淮海集》未收此词，后人以为王诜词，姑存疑。——作者注

顾鹊桥归路。两情若是久长时，又岂在朝朝暮暮。

这首词本意是咏七夕。牛郎织女一年一度的鹊桥相会，本来就富于美丽的悲剧性。一般小名家总不外说些"相见时难别亦难"的感伤话，未免流于庸俗。而少游吟来，格调自高。他不从别离的痛苦下笔，而极力写相逢的欣慰。上片第三句写双星相会，四、五两句忽转笔写他们内心的感受，两相劝慰，虽然是一年相见一次，也比人间天天见面有意思。下片首三句写时间匆促，又非别离不可，却又马上一转，写内心山盟海誓的感情。"两情若是久长时，又岂在朝朝暮暮。"再一次相互劝慰勉励。他们并不抱怨相逢的短暂，而永远寄望于天长地久的未来，是何等高的情操！此等境界，确实是柳永所不能及。东坡固能作"也无风雨也无晴"的豁达语，豁达虽然可以少却许多烦恼，但如能于烦恼中提升出一种境界就更难得了。词人说："但得两心相照，无灯无月何妨？"这是从生死别离中领悟出来的一份永恒的哲理，引导着人生走向光明美好的一面。读少游此词最可以体会到这一点。黄蓼园说："少游以坐党被谪，思君臣际会之难，因托双星以寄意。"认为他有此一点寄意也未始不可，但也不必硬派上一段重大的感慨，倒有牵强附会之嫌。上乘之词，总是有寄托入，无寄托出。含意常于欲言未言之间，见仁见智，当由读者吟咏而自得之。

我们欣赏了少游这几首具有代表性的作品以后，可以看出他的特色是妩媚而不柔弱，凄惋而不萧瑟，飘逸而不粗犷，含蓄而不晦涩。情景交融，音节铿锵，可算到了炉火纯青之境。冯煦评耆卿词："曲处能直，密处能疏。状难状之景，达难言之情，而出之以自然。"笔者认为：以此语评柳永，未必恰当，而以之赠少游，当更为妥帖耳。

张炎《词源》称少游："词体淡雅，气骨不衰，清丽中不断意脉，咀嚼无渣，久而知味。"这些评语，固然对他推崇备至，但也是相当抽象的。喜爱他词的人，只要细细咀嚼，都可于其中品味出各种滋味。同样地，喜爱其他词人如欧阳修、大小晏的词，也一样会发现清丽、淡雅之作。有渣无渣，总要自己咀嚼，前人评语，只可供作参考提示，终不宜先入为主。比如当时人批评他"书不如文，文不如诗，诗不如词"，也是太概括的说法。其实少游的诗，有的艳丽，有的清空，有的古朴豪放，显示了多种面貌。例如他一首纳凉绝句："携杖来追柳外凉，画桥南畔倚胡床。月明船笛参差起，风定池莲自在香。"自然淡雅。可是元遗山评论他："有情芍药含春泪，无力蔷薇卧晚枝。拈出退之山石句，始知渠是女郎诗。"一、二句是引的少游《春日》绝句。他以此二句与韩愈的"山石"诗相提并论，而讥他为女郎诗，断章取义，双重标准的评论，实在是有失公允的。

帘卷西风，人比黄花瘦
——李清照（易安）

易安居士李清照，是我国宋代的一位光芒万丈的女词人、女文豪。她为我国女性文学史写下了最辉煌的一页。"帘卷西风，人比黄花瘦"，是她的一阕脍炙人口的《醉花阴》中的名句。现在先将全词录下：

> 薄雾浓云愁永昼，瑞脑销金兽。佳节又重阳，玉枕纱橱，半夜凉初透。　东篱把酒黄昏后，有暗香盈袖。莫道不销魂，帘卷西风，人比黄花瘦。

她把这首词和着无限相思，寄给远在任所的夫婿赵明诚。他既感动，又钦佩。他总希望自己的词能作得跟夫人一样出色。于是废寝忘餐地苦思了三昼夜，写了十五阕同调的词（有的说是五十首），把太太的那一首也混在里面，送给好友陆德夫品评。德夫吟玩再三，才说："我看只有'莫道不销魂，帘卷西风，人比黄花瘦'三句最佳。"明诚的《醉花阴》虽想胜过清照，至此也不得不心悦诚服了。

现在让我们来欣赏这首词。起首的"薄雾浓云"四个字，点染出一番深秋光景。"薄"与"浓"是相对形容词，这种句子称为"句内对"。轻纱似的雾，交织着泼墨似的云，一缕缕，一片片，既迷蒙，又飘忽。它摸不着，捏不住，却一层层地能笼罩着你。对一个寂寞深闺的少妇来说，焉得不引起她的无边愁绪呢？一般人的愁，往往在静夜无眠时容易升起，而这位女词人却连白天都埋在愁里。所以她以极重笔写出"愁永昼"三字。"永"岂止是整天，简直是无穷无尽。

"瑞脑"是一种名香，常在书斋或闺房中燃点，有令人意定神闲之功。所以古人有"红袖添香夜读书"的美满悠闲情趣。金兽即金猊，是在香炉的盖子上雕刻了镂空的狮子像，金兽就变成香炉的代名词了。袅袅的炉烟自空隙中冉冉升起，和缥缈的云雾连成一片，这是一种动的情态，却是被离愁凝住，愈来愈浓重，再也吹不散。愁本来是一种抽象的无法捉摸的东西，词人往往以具体事物或景象来比拟。例如贺方回的名词："若问闲愁多几许，一川烟草，满城风絮，梅子黄时雨。"他用"烟草""风絮""梅雨"三者重重叠叠地形容出愁的浓重。易安用"云""雾""烟"三者衬托出愁的困扰人，同样是象征的手法。

古人们焚的往往是盘香，由秦少游的词"欲见回肠，断尽金炉小篆香"的名句，可以想象炉中寸断的灰烬，正如她寸断的柔肠。

第三句点出是重阳佳节，着一"又"字，就有岁月不居、红颜易老的无限感慨。她在闺房中，碧纱橱里，倚着玉枕，无情无绪地望着一炉香渐渐地烧尽，已到了夜半时分。本来初凉天气最是宜人，所谓"八尺龙须方锦褥，已凉天气未寒时"。如果是夫妻厮守，软语温馨，像她《采桑子》中描写的"绛绡缕薄冰肌莹，雪腻酥香，笑语檀郎，今夜纱橱枕簟凉"，该是多么的风光旖旎，偏偏她与爱人却是相思两地，即使是最华贵的白玉枕、青纱帐，也被愁云惨雾所笼罩了。这和她在《凤凰台上忆吹箫》中写的"念武陵人远，烟锁秦楼"正是一样的心情。

下阕换头处，从夜半转回到黄昏，是用一种倒叙手法叙述这股薄醉浓愁，在黄昏时的东篱把酒后，反更加深了。在寂寞的黄昏时候，一个人独自东篱把酒。暗香盈袖，已经暗伏了下文的黄花，并且紧紧扣住重阳景色。后面三句一气呵成，情景交融。最后点出"黄花"二字，衬托出自己落寞的心情。妙的是加"帘卷西风"一句，景色便有了动的美。妙在不说"西风卷帘"，而说"帘卷西风"，是故意用倒语。有如唐人诗"黄河入海流""十年马上春如梦"，若作"流入海""如春梦"便觉索然无味。这正吻合了现代诗错落倒置的技巧。《红楼梦》中的《桃花词》"帘外桃花帘内人，人与桃花隔不远，东风有意卷珠帘，花欲窥人帘不卷"，似从易安此句套来，但意境已无含蓄之美了。

词，有妩媚婉转之美。王国维《人间词话》中说："词之为体，要眇宜修，能言诗之所不能言，而不能尽言诗之所能言。"可见词

107

比诗更蕴藉，更凝练。柔情蜜意，常在欲言未言之间。独具慧根、灵心秀逸的李清照写来，自是出色当行。她的《漱玉词》虽只寥寥五十首，首首都是明珠翠羽、精金碎玉的不朽之作。她的成就，绝不是只供浅斟低唱的风流名士所可比拟的。

易安之所以有此登峰造极的意境，绝非偶然。她出生于山明水秀的山东济南，父亲李格非是当时名士，母亲是状元的孙女，她自幼孕育于双亲的文学气氛中。长大后，嫁给能诗能文的太学生赵明诚。婚后的一段生活，虽清苦，却是非常美满的。关于他们的婚姻，还有一段美丽的神话。据说，赵明诚幼年时，曾梦见一本奇书，醒来时却只记得三句："言与司合，安上已脱，芝芙草拔。"他不解是何意思，问他的父亲赵挺之。挺之笑笑说："言与司合不是个词字吗？安上脱去宝盖便成了女字。芝芙拔去了草便是之夫二字，你这孩子将来定是词女之夫。"后来事实果然如此。

赵明诚夫妇都喜爱金石，常常典质衣物，去相国寺买碑文书帖，也买些零食回来，相对而坐，在归来堂中边吃边赏玩。他们指着某事在某书某页赌胜负，笑得把茶都泼翻了。像如此风雅悠闲的生活，难怪她说"甘心老是乡"了。她那时的词，也充满了闺房中的欢笑，如《减字木兰花》："怕郎猜道，奴面不如花面好。云鬓斜簪，徒要叫郎比并看。"《浣溪纱》："绣幕芙蓉一笑开，斜偎宝鸭衬香腮，眼波才动被人猜。"这种放逸的描写，不亚于李后主的"嚼烂红茸，笑向檀郎唾"。

可叹的是好景不长，在她四十七岁以后，命运就一天天地坎坷。先是夫妻远离，父亲罢官，金兵南下使她心爱的二万余卷图书全部散失。继之，赵明诚抛下她永别人世。这一连串沉痛的打击，她纵使是个坚强的女性，也如何能承担得起呢？五十余岁的孀妇，孑然一身，隐居在金华，前尘影事，哪堪回首。

她的一首千古绝唱《声声慢》就作于孤苦的晚年，兹录全词于后：

> 寻寻觅觅，冷冷清清，凄凄惨惨戚戚。乍暖还寒时候，最难将息。三杯两盏淡酒，怎敌他晚来风急！雁过也，正伤心，却是旧时相识。　满地黄花堆积，憔悴损，如今有谁忺摘？守着窗儿，独自怎生得黑！梧桐更兼细雨，到黄昏，点点滴滴。这次第，怎一个愁字了得！

《声声慢》这个调子是一支慢曲，袅娜余音，欲断还续。易安连用文字的音乐性，一连下十四个叠字，纷纷迸发，有如急管繁弦，呜咽沉嘶，彷佛听到一位孤栖孀妇的啜泣声。论者有喻之为"公孙大娘舞剑"，有喻之为"大珠小珠落玉盘"，都只说到文字的技巧。殊不知她这十四个字刻画的悲怆心理过程，是由渺茫恍惚的希望，到整个的失望，她明明知道她的丈夫已去世，但她不相信他死了，所以恍恍惚惚中仍在找寻，寻而不见，继之以仔细的"觅觅"，是更进一层的心理活动。觅又不得，才陡然醒悟郎已不在人间，再寻觅也不会有了。这一股彻骨的寒冷、凄清，是无法消解的。由"冷冷清清"的感受，逗起内心"凄凄惨惨"的悲哀，最后"戚戚"是整个的绝望了。"乍暖还寒"点出晚秋时节。"最难将息"四字中更包含了多少伤心泪。若是在当年"笑语檀郎，今夜纱厨枕簟凉"的幸福时光里，相互的嘘寒问暖，哪用得担心"最难将息"。如今孤苦伶仃一个人，别说是难将息，简直也无心将息了。淡酒不能浇愁，更挡不住晚来一阵阵加急的秋风。雁儿是结伴成行而飞的，双双对对在空际掠过，格外衬得她的孤单。而且雁儿是一种候鸟，春去秋回，倒像是旧时相识。檀郎一去，却永无再见之期，伤心欲绝之意尽在不言中。过片三句，以飘零满地的黄花，比喻她的飘零身世。这与《醉花阴》中"帘卷西风，人比黄花瘦"的闺中怨妇心情又自不同。那时她丈夫在远方，她是为相思而瘦。相思总有再见之日，瘦了还有丈夫怜惜。如今呢，即使憔悴而死，又有谁知晓。所以说："憔悴损，如今有谁忺摘？""损"是"极点"之意。"忺"是"心中想要"的意思。别本作"堪"，但不及忺字含意更深。"守着窗儿，独自怎生得黑！"到此处才说出一个"独"字，也写出了度日如年极端无聊的心情。"黑"字用得超特，张端义赞为"不许第二人押"。也就是易安独有的"险韵"。梧桐夜雨，点点滴滴，是雨也是伤心人的眼泪，由他"隔个窗儿滴到明"。温庭筠的"梧桐树，三更雨，不道离情正苦，一声声，一叶叶，空阶滴到明"与此句同样高妙。最后总结

110

一句："这次第，怎一个愁字了得！"以寻常语言入词，丝毫不觉其肤浅粗俗，却显得更真切，更自然。这是易安的特色，也是她才华过人之处。

易安词在宋代已为人所推崇。赞誉她能"创意出奇""平淡入调"，就是说能够大胆地创造而不破坏词的音律。真挚地抒发自己的感情而不流于庸俗，自由地运用口语而能做到精练功夫，词家们尊她为有宋一代大宗师亦不为过。

我们再来读她同样伤心的一首《武陵春》：

> 风住尘香花已尽，日晚倦梳头。物是人非事事休，欲语泪先流。　　闻道双溪春尚好，也拟泛轻舟。只恐双溪舴艋舟，载不动，许多愁。

物是人非，凄凉无限。莫说小小舴艋载不动她的愁，就是千载后的读者，也似乎有不胜负荷之感！

她的词，随着她的身世变迁，可以分为三个时期。先是"笑语檀郎"的美满婚后生活，再则是"人比黄花瘦"的别离岁月，最后却是"物是人非"的凄凉晚境。读她的词，焉得不为此旷世女词人一掬同情之泪呢？

她因才华卓绝，眼界自然极高，所以对于当时诸大名家都有率直而中肯的批评。也就因此而遭忌，后人竟诬蔑她再嫁张汝舟。其实她纵使再嫁，又何损于她词坛上的不朽地位，更何况是捕风捉影之言。胡适之先生说:"改嫁并非不道德,但她根本不曾改嫁,而说她改嫁,那是小人的行为。"

我们只要读上面引的《武陵春》的最后三句,便知道她的心早已是死灰槁木,无意寻春,哪还会有再嫁之念呢?

一叶飘然烟雨中

——陆游（放翁）

陆游，这位自号放翁、吟诗万首的南宋第一大诗人，其实也是一位大词人。只是他作的词，数量只有诗的百分之一，虽然首首都是明珠翠羽的精心杰作，而词名终为诗名所掩。世人且有认为他的词不及诗的，实非持平之论。

在《渭南集》中，他仅仅收了二百三十首词，他在自序中说："予少年汨于流俗，颇有所为，晚而悔之。然渔歌菱唱，犹不能止。今绝笔已数年，念旧作终不可掩，因书其首，以识吾过。"作此序时，他是六十五岁，竟已停止作词。认为词是流俗且后悔少年时作词，只因不能割爱，而收入集中，以纪念自己的"过错"。可见连他自己都不重视词，无怪后人忽略他的词了。

这种矛盾心理，我想原因有二：

其一是宋朝士大夫冶游之风甚盛，在歌台舞榭、酒酣耳热之际，与歌姬们吟唱而作的词，都认为不登大雅，即使很满意，也不便表示重视。只有像柳永那样与做官无缘的人，才大模大样地浅斟低唱，自称"奉旨填词"。事实上，这些不登大雅的"小调"才最足以见真性情，反映真实生活。陆游幸得留下这小部分他认为"流俗"的词作，否则我们就只能从他九千余首诗中，体认他满腔爱国复国热忱和晚年豁达胸怀，而难以全部了解他一生千波万浪的感情生活了。

原因之二，想来是由于他痛苦的爱情波折。因为绵丽的词，最容易勾起万缕千丝的旧恨。为了忘情，为了不愿追怀那份残缺的爱，就索性不再作词了。这也同清朝的吴藻香"扫除文字，虔心奉道"是一样心情吧。因此他晚年的"百无聊赖以诗鸣"，其实是伤心人别有怀抱。

提起他的诗，无人不记得他那首满腔忠愤的绝笔《示儿》诗，提起他的词，无人不知他那首缠绵凄恻的《钗头凤》。为了体认他的爱国情操，与毕生对爱情的坚贞，让我们先来欣赏他的另一首小令《卜算子》：

驿外断桥边，寂寞开无主。已是黄昏独自愁，更着风和雨。　　无意苦争春，一任群芳妒。零落成泥碾作尘，只有香如故。

一树梅花，不在名园金屋之中，而开放在荒僻的驿站外，断桥边，当然是寂寞的、无主的。但这份寂寞是自甘的，无主也正是一身无牵挂吧。已是黄昏，更兼风雨，极力渲染迷蒙气氛，也渲染了更深的愁。风雨也是暗喻国家多难。但梅花是孤傲的，宁可寂寞，也不与群芳争艳。纵然零落成泥，被碾成尘土，而幽香如故。

论者谓"末句想见劲节"，岂止是末句，全首词虽写梅而句句是作者自况。这是咏物词"有寄托入，无寄托出"的最高技巧表现。放翁擅长把身世之感与满腔孤忠，糅入眼前景色之中，而出之以含蓄婉转之笔，这是他在词方面，所表现出来与诗风格截然不同处，也是功夫独到处。

杨慎《词品》说陆游词："纤丽处似淮海，雄健处似东坡。"其实他无意模仿前人，就此词而论，已然摆脱少游的绵丽了。

此词可说是他一生坎坷际遇的写照，也是他终身矢志不渝的自白。比起他另一首咏梅词的两句"一个飘零身世，十分冰冷心肠"委婉得多了。他因恢复中原的壮志不得酬，少年时代的爱情又只似昙花一现，终其一生，他是寂寞的、孤单的。他的一万首诗，是寂寞孤单中的呐喊。他自比梅花，愿孤芳永留人间，正表示他对生命的热爱，对人世的关怀。

苏东坡也有一首传诵千古的《卜算子》，陈廷焯《白雨斋词话》认为放翁的这首词比起东坡的那一首，"相距不可以道里计"，这样的批评是有欠公平的。为了欣赏与比较的方便，并将东坡的《卜算子》也引录如下：

缺月挂疏桐，漏断人初静。谁见幽人独往来，缥缈

115

孤鸿影。　　惊起却回头，有恨无人省。拣尽寒枝不肯栖，寂寞沙洲冷。

　　这是东坡贬黄州时所作。首二句写寂静的夜，"谁见"是疑问口气，强调了幽人的孤独。下片点明了幽人的恨。恨无知音，宁愿如孤鸿般地栖息在冷清的沙洲，连寒枝都不肯停留，显得幽人是何等执拗！

　　细味二词，格调相似，正因二人心境相同。放翁是写梅，东坡是写鸿、写幽人①。放翁是一开始就点明"寂寞"，东坡是最后才说出"寂寞"。却都无损于全首的浑成。一个是写风雨黄昏，一个是写残月深更。都是一份逼人的寒冷。感觉上的寒冷，就表示心情的孤寂落寞。但放翁在全首词中，没有着一"恨"字，东坡都点明了"有恨无人省"。且在短短一首词中，有三个"人"字，也由于东坡才高，常无暇于细小处用心。无论如何，此二词都是千古伤心人的绝唱，原是无分轩轾的。

　　陈廷焯论词好作惊人之笔，常失之公允。当年夏瞿禅恩师曾批评陈"勇于立论，而疏于考核"。这话是相当中肯的。

　　欣赏了这两首词，现在再来简述放翁身世与一生坎坷遭遇，然后再欣赏他的几首名作。

　　放翁名游，字务观，放翁是他的别号。据说他母亲在生他前

①　据说此词是写关盼盼，另有寄托的。——作者注

116

夕，梦见北宋词人秦少游，因而以少游的名字"观"为他的字，以"游"为他的名。果真如此的话，陆游之母也是雅人，后来何以逼儿子与娴静谙诗文的儿媳离异呢？

陆游浙江山阴①人，生于宣和七年，亦即北宋徽宗在位的最后一年，他父亲原在京城为官，但金人大举南侵，节节进逼，他们不得不举家南迁，所以他不到两岁就过着逃亡生活。成长中，眼看金人铁骑蹂躏，人民遭受浩劫。汴京陷落后，宋室南迁，他随双亲回到江南故乡，那时他才十岁光景。后来他在为友人奏稿写的序中说："先君归山阴，一时贤公卿与先君游者，言及靖康北狩，无不流涕哀恸。"又云："绍兴中，某甫成童，见当时士大夫言及国事，无不痛哭，人人思杀贼。"可见他童年时就深深感染了长辈们激昂的情绪，也深深体会到国破家亡的痛苦。

他的仕途是很不顺利的，二十岁第一次考试，原已被署为第一，正逢权臣秦桧之子落在他后面，秦桧大怒，差点连考试官都没了命。因此在秦桧当权之日，他就永无扬眉吐气的机会了。他郁郁地回到故乡，潜心读书。他原是家学渊源，藏书至多。因自号书斋为"书巢"，朋友来访，绕来绕去全是书，走进去都走不出来，宾主相顾大笑。

他安贫守拙地过着淡泊的耕读生活，直至秦桧之后，他已三十多岁，才出任一个区区的县主簿。四年后孝宗即位，继高宗

---

① 绍兴。——作者注

有北伐恢复中原之志，非常赏识放翁的才华。召见后觉得他立论剀切，赐他进士出身，这是他一生最得意的时刻。但因他爱国心切，往往直言进谏，触怒了孝宗，贬为镇江通判，这是第二次的打击。嗣后上上下下，自三十四岁至七十九岁，宦海浮沉了四十多年，遭逢了无数拂逆。在金兵侵犯中，家业荡然，日子过得非常艰苦。他说："衣穿听露肘，履破常见趾。""弊袍生蚁虱，粗饭杂沙土。"他都安之若素。在青山环抱的浙东名胜之地镜湖三山，总算过了一段安定生活。他非常高兴地建起茅屋三间，名之曰"烟艇"，特地写了篇记："虽坐容膝之室，而常若顺流放棹，瞬息千里者，则安知此室果非烟艇也哉。"可见他的自得其乐。

在四川时，他与范成大诗文往来，相知甚深，别人就讽他放纵不拘礼法，他就索性自号放翁。说是"拜赐头衔号放翁。"还给范成大写了一首诗：

> 名姓已甘黄纸外，光阴全付绿樽中。
> 门前剥啄谁相觅，贺我今年号放翁。

他前后五次被罢官，在官场他已榜上无名，还有什么可顾忌的？他自号放翁时是五十一岁，曾作了一首自贺的词："桥如虹，水如空，一叶飘然烟雨中。天教号放翁。"

如此一位淡泊的老诗翁，却因为替权臣韩侂胄写过《南园记》与《阅古泉记》竟为当时清议所讥，认为他有亏晚节，这实在是冤枉他的。

　　此事的原委，据说是放翁的两句名句"小楼一夜听春雨，深巷明朝卖杏花"为韩侂胄所欣赏，因此邀请他写两篇文章。其实以放翁古稀之年，何至附权臣以图富贵？他之所以答应暂为韩门宾客，实在只因韩侂胄有恢复中原之议，并曾向皇上提出具体的伐金之议，此文还可能是放翁代拟的。他怀着满腔复国的热忱，不免寄望在韩侂胄身上，他哪里知道韩侂胄只是想急急立功以自重呢？可惜伐金失败，金人恨韩入骨，要了他的首级，这能算是放翁的过失吗？况他在《南园记》中还隐隐寓有劝谕之意。文中说："天下知公之功 [①]，而不知公之志 [②]。知上之倚公，而不知公之自处 [③]。"足见他对韩是抱着很大希望的。尤其韩侂胄是名臣韩琦之后，放翁对忠臣的后代不免有一番希望，可惜希望破灭了，韩固死有余辜，却不能不为放翁叫屈。

　　他晚年虽曾一度再出，只为奉诏修孝宗、光宗两朝实录，职责只在文字，史事完成，即辞官归去。赵瓯北说他："进退绰绰，本无可议。"于此可见才高者出处进退之难。无怪他故意以自嘲的笔调，潇洒地吟："衣上征尘杂酒痕，远游无处不销魂。此身合是诗人未，细雨骑驴入剑门。"问自己是否够格作诗人。不作诗人，还能干什么呢？

---

① 　指拥立之功。——作者注
② 　指恢复中原之志。——作者注
③ 　指将恢复中原之计。——作者注

他归隐后，读书吟诗以自遣。典籍中，他最爱的是《诗经》《周易》。他说："我读豳风七月篇，聚贤事事在陈编。吾曹所学非章句，白发青灯一泫然。"认为读诗当身体力行，不只在文字上下功夫。又说："净扫东窗读周易，笑人投老欲依僧。"从《周易》中悟出养生之道，是不必遁迹空门的。

他不但读《周易》，更读道家书、兵书。他又练丹、学剑。有"刺虎腾身万目前，白袍溅血尚依然""十年学剑勇成癖，腾身一上三千尺"的豪语。这不是夸张，也不是好大喜功，实由于一腔驱除强虏、恢复山河的壮志，故不愿书剑飘零。可是时人又有讽他学道求仙，非儒生所应为，这也是对他的苛求。幸得他学易学道，所以能恬然自适，得终天年。看他于《周易》是深深体悟出一番健身要诀的。他说："老喜杜门常谢客，病惟读易不迎医。""床头周易真良药，不是书生强自宽。"今人有学易的，常走入命相之途，何不多读读放翁诗呢！

归田后他虽仍满怀壮志，却再不谈国事，心情也渐趋平静，自谓："闭门种菜英雄老，弹铗思鱼富贵迟。"终日竹杖芒鞋啸傲山水，口渴时就用几文杖头钱买一壶酒，陶然而醉地吟起："先生醉后即高歌，千古英雄奈我何，花底一壶天所破，不曾饮尽不曾多。"

他因学道练剑，故健康状况良好，八十一岁时还说："已迫九龄身愈健，熟观万卷眼犹明。"只是朋俦寥落，有时不免有落寞之感，赋起诗来，却又满纸辛酸了。例如他的《晚春感事》："已为读书悲眼力，还因挽带叹腰围。亲朋半作荒郊冢，欲话初心泪满衣。"

时喜时悲，正显得老诗人的一派真情，毫无造作。

前文说过，认为他作词少而作诗多，是由于不愿触摸少年时代刻骨铭心的伤痛，其实他在诗中，伤旧事也正多呢，为他那一段绝望的爱情，他就作了不少首诗。现在且来简单叙述一下他这段尽人皆知的伤心故事吧。

放翁娶的是表妹唐慧仙，因没有生育儿女，不能讨婆婆欢心，加以他们夫妻感情太好，引起寡母的妒忌。因而把儿子的仕途不利，都归罪到儿媳妇身上，认为她不鼓励丈夫进取，因此硬是棒打鸳鸯，拆散恩爱夫妻。起先放翁还偷偷为她赁屋而居，终为老母所不容，只好黯然而别。慧仙后来改嫁赵士程。十年后，他们在禹迹寺南的沈氏园中，意外相逢。赵士程还为他送来酒菜，放翁于怅触万状中赋一首《钗头凤》题于壁间：

　　红酥手，黄滕酒。满城春色宫墙柳。东风恶，欢情薄，一怀愁绪，几年离索。错、错、错。　　春如旧，人空瘦。泪痕红浥鲛绡透，桃花落，闲池阁。山盟犹在，锦书难托。莫、莫、莫。

据说慧仙看后，也伤心地和了一首：

　　世情薄，人情恶。雨送黄昏花易落。晓风干，泪痕残，欲笺心事，独语斜阑。难、难、难。　　人成各，

今非昨。病魂常似千秋索。角声寒，应阑珊，怕人寻问，
咽泪装欢。瞒、瞒、瞒。

这首词也是情文并茂之作，但是否真正唐氏所作，或为后人拟作，已不可考。

唐氏不久郁郁而死。放翁六十八岁时重到沈园，见园已三易其主，而壁上题诗尚在，乃怅然赋了一首诗：

枫叶初丹槲叶黄，河阳愁鬓怯新霜。
林亭旧感空回首，泉路凭谁说断肠。
坏壁醉题尘漠漠，断云幽梦事茫茫。
年来妄念消除尽，回向蒲龛一炷香。

他七十一岁居山阴鉴湖之三山，每回进城必登寺眺望，又引起无限旧恨，吟了两首绝句：

梦断香销四十年，沈园柳老不飞绵。
此身行作稽山土，犹吊遗踪一泫然。

城上斜阳画角哀，沈园无复旧池台。
伤心桥下春波绿，曾见惊鸿照影来。

八十一岁，他又梦游沈园，再作了两首：

路近城南已怕行，沈家园里更伤情。
香穿客袖梅花在，绿醮寺前春水生。

城南小陌又逢春，只见梅花不见人。
玉骨久成泉下土，墨痕犹锁壁间尘。

直到八十四岁，他辞世前的两年，仍不能忘沈园旧事，再赋一诗：

沈家园里花如锦，半是当年识放翁。
也信美人终作土，可怜幽梦太匆匆。

尼采说："一切文学，我爱以血书者。"放翁一生怀着绝望的爱情，以斑斑血泪，写下断肠诗句，所以能卓绝千古。

一个对爱情坚贞到底的人，对国家民族之爱，也一定是执着到底的。在他的诗、词中，随处都流露出他报国复国的情操，甚至做梦都因梦到收复失地而惊醒，如："三更抚枕忽大叫，梦中夺得松亭关。"

《书愤》一诗，是他慷慨激昂的代表作之一，那时他已六十二岁了。

123

早岁那知世事艰，中原北望气如山。

楼船夜雪瓜州渡，铁骑秋风大散关。

塞上长城空自许，镜中衰鬓已先斑。

出师一表真名世，千载谁堪伯仲间。

他的一首《诉衷情》词，也吐露着同样悲愤的心声：

当年万里觅封侯，匹马戍梁州。关河梦断何处，尘
暗旧貂裘。　　　胡未灭，鬓先秋，泪空流。此生谁料，
心在天山，身老沧洲。

这样震撼人心的诗词，在他的《剑难诗稿》与《渭南词》集
中，俯拾即是。可是胡儿未灭，鬓发已苍，我们的诗人已垂垂老
去。尽管他"一身报国有万死"，怎奈"雨鬓逢人无再青"。在无
可奈何中，他不得不强自宽慰地说："神仙须得闲人做"了。

在退隐归田岁月中，他倒着实过的是悠闲自在的神仙生活，
他高兴地说："饱饭即知心事了，免官初觉此身闲。"他喜欢睡，
自称"睡翁"。大概睡也是忘忧之一法吧。他说："苔鹙虫唧唧，
霜林风飕飕。是时一枕睡，不博万户侯。"有一首《破阵子》，可
说是他山居生活的写照。此词的下片是："幸有旗亭沽酒，何如茧
纸题诗。幽谷云萝朝采药，醒院轩窗夕筹棋。不归真个痴。"李调

元《雨村词话》赞此词："唤醒世间多少人。"可是，在官场中有几人是唤得醒的呢！

他的诗，可分激情、闲适二类，上文已略有引述，他的词则更加一份缠绵，容后再引几首来仔细赏析。我倒尤其爱他晚年闲适之时，益见得他涵养性灵，自有一番深湛功夫，大概他真已从痛苦中彻悟出来了。他有一首谈养生的诗："忿欲俱生一念中，圣贤本亦与人同。但须小忍便无事，吾道力行方有功。"此诗倒是十足宋诗味道。

"小忍"看似容易，却必须于力行中见功。放翁已经行所无事地做到了。他能够"呼童不应自生火，待饭不来还读书"。这与东坡的"敲门都不应，倚杖听江声"，正是一样境界。他把人生看得很透彻地说："若能洗尽世间念，何处楼台无月明。"人还是随遇而安吧，但临终之时，他仍是念念不忘中原的统一，而作了那首绝笔《示儿》诗：

死去原知万事空，但悲不见九州同。

王师北定中原日，家祭无忘告乃翁。

后来蒙古人入主中原，中原总算是"统一"了，却又是怎样的一种统一呢？所以林景曦《题放翁卷后诗》云："青山一发愁蒙蒙，干戈况满天南东。来孙真见九州同，家祭如何告乃翁。"

又是何等的沉痛？

放翁诗源出江西诗派，曾师事江西诗派主脑人物曾几。曾几对他十二分赏识，但他性情豪放，又富感情，喜爱李杜岑参苏辛少游的吟咏性灵，不能为理学诗所限。论者谓："陆游虽从江西诗派入，独能力拔新奇生硬泥淖，辟出语挚情真蹊径，乃其鹤立之因，亦其自成一派之果。"可谓知放翁甚深。

他的诗，确实于空灵平易中见真情。他擅长写景，但能糅理于景。如一直为人所传诵的"山重水复疑无路，柳暗花明又一村""夜雨涨深三尺水，晓寒留得一分花"即是好例。写事更有无限情致，如"小楼一夜听春雨，深巷明朝卖杏花"。

读放翁诗不像读黄山谷时那么"骨多肉少"的僵硬，总是在悠然洒脱中给你一份启示。

这也许是因为他熟读老庄的心得。在他全集中，读老庄诗不下四十首，例如："门无客至惟风雨，案有书存但老庄。""手自扫除松竹径，身常枕籍老庄书。"见得一派悠然。

老庄思想，引领他回归自然，使他于做人作诗方面，都一样的统一。他的诗，看似平易，但在创作过程中，实在是经过一番历练的。他在四十七岁追忆老师教导他的话："律令合时方帖妥，功夫深处却平夷。"但这"平夷"并非一般的平淡，正如退之说的"艰穷变怪得，往往造平淡。"是从"艰穷变怪"中脱化出来的。他在六十八高龄时，回忆自己学诗过程说："我昔学诗未有得，残余未免从人乞。""从人乞"就是摹仿。摹仿时期，总不免雕绘满眼。突破这一阶段，才渐入平夷，然后自创风格，卓然成家。所以

126

在八十四岁时，他才告诉儿子说："我初学诗日，但欲工藻绘，中年始少悟，渐若窥宏大。""藻绘"就是在文字上要技巧，自"藻绘"至"宏大"是要经过一番省思与历练的，但他的措辞却是何等谦冲。

他工律诗，沉郁之笔，如："十年尘土青衫色，万里江山尽角声。零落亲朋悲远梦，凄凉乡社负归耕。"可直追杜甫。而洒脱之笔，又近渊明。例如："百钱新买绿蓑衣，不羡黄金带十围。植柳坡头风雨急，凭谁画我荷锄归。"因为他非常喜爱陶诗，他说："细读养生主，长歌归去来。""卧读陶诗未终卷，又乘微雨去锄瓜。"那份闲适的田园生活，想是今日奔波于十丈软红尘中的人所无从梦想的吧！

诗评家赞他的诗"每结处必有兴会，有意味，绝无鼓衰力竭之态"，说得极是。刘后村称他是"南渡以下，当为第一大家"，不算过誉。清人赵瓯北对他尤为心折，说他："一万余首，每一首必有一意，凡一草一木，一鱼一鸟，无不裁剪入诗。是一万首即有一万大意，又有四万小意，自非才思灵拔，功力精勤，何以得此。信古来诗人未有之奇也。"又赞云："各章后句，层见叠出。""意在笔先，力透纸背，有丽语而无险语，有艳词而无淫词，看似华藻，其实雅洁，看似奔放，其实谨严。"

"有丽语而无险语，有艳词而无淫词"，格外值得今日年轻作家们深思。我国文学自诗骚以下，是一贯的含蓄雅醇，此种精髓实当于现代文学中，予以发扬光大，以见我中华民族文学上的特色。不当一味以"险语""奇笔"乃至"淫词"相炫耀，而自贬人格。此等不堪入目之作，一旦充斥，破坏可贵的文学传统，危害青年身心健康，其祸患将伊于胡底？此是题外话，但愿借此一吐耳。

放翁晚年几乎一日一诗，虽多浅易如白话，但"浅中有深，平中有奇"（刘熙载语），且多出诸性灵。正如他自己说的"文章本天成，妙手偶得之"。但他删诗标准仍严。早期作品只收九十四首。词则首首是明珠翠羽，不可以"量"定优劣。他的作品，可分激情的、闲适的与绵丽的三类。绵丽的都属词。也只有词才能表达他心灵深处的秘密，那是他个人内心的独白。他的诗之所以走平易之路，想来是他愿以"诗"淡化浓愁，而且也为了一腔复国热忱，愿唤起国人的觉醒与共鸣吧！

后世赞美放翁诗的很多，最为国人所熟悉的是梁任公的四首读放翁诗，最为人熟知的是："诗界千年靡靡风，兵魂销尽国魂空。集中十九从军乐，亘古男儿一放翁。"足见对他的推崇。

夏承焘恩师也曾有绝句题《剑南诗稿》："许国千篇百涕零，孤村僵卧若为情。放翁梦境我解说，大散关头铁骑声。"①

钱锺书引《随园诗话》评放翁与杨诚斋，都是江河万古。钱则认为"放翁善写景，而诚斋擅写生。放翁如画图之工笔，诚斋如摄影之快镜。"此话想来只就大体而言。放翁诗"工笔"之处，

---

① 第二句是指放翁诗"僵卧孤村不自哀，尚思为国戍轮台"之句。"梦境"指"三更抚枕忽大叫，梦中夺得松亭关。""大散关"在陕西宝鸡县西南，为宋金交战重要关隘。放翁的"铁骑秋风大散关"之句，已见前引《书愤》一诗。——作者注

一定是得力于杜甫，若移钱此语评他的词，反而更恰当。

现在让我们来谈谈他的词吧！

前文已说过，他六十五岁以后即不再作词。那么词是最足以表现他少年时代的悲欢和中年时代的哀乐了。

他的词也分慷慨激昂、儿女情事与闲适洒脱三类。《钗头凤》是他爱情生活的代表作。

该词首二句是慧仙以"红酥手"端了"黄滕酒"给他，鲜明的颜色，应当是欢乐的，而此时却是"相见争如不见"的悲伤。当时情景，勾起往日同样情景的回忆，二者交错，今昔之感尤令他痛心。"宫墙柳"是飘摇的，可能是眼前景色，可能是暗喻慧仙的改适攀折他人手。"东风恶"是恶劣环境造成分离。由于悔恨之极，连下三个"错"字。究竟是谁的错呢？"春如旧"二句是写眼前的情人虽美艳如昔，却已瘦了。滴滴粉泪，把手帕湿透了。"鲛绡"是美人鱼在水中所织的丝帕。"桃花落、闲池阁"是说家中一切都黯然无光。与唐氏通信又是不可能之事，故说"锦书难托"。最后再来三叠字"莫、莫、莫"，决绝地说"别再相思了"，其实是"不思量，自难忘"。正如古诗里"从今而后，不复相思，相思与君绝"。

前文引过的一首《诉衷情》是慷慨激昂的，现在引一首缠绵凄婉的小令《蝶恋花》：

水漾萍根风卷絮，倩笑娇声，忍记逢迎处。只有

129

梦魂能再遇，堪叹梦不由人做。　　梦若由人何处去，
短帽轻衫，夜夜眉州路。不怕银钉深绣户，只愁风断
青衣渡。

　　这是追忆当年欢乐情景，不可再得，只有希望在梦中能再相
逢，偏偏连梦也不由人做，所谓"梦也，梦也，梦不到，寒水空
流"，正是一样凄凉。下片说即使梦由人做，即使能青衫短帽与情
人重聚，愁的是好景难长，银钉绣户，转眼被无情风吹断。一枕
梦回，只有愁上加愁。
　　梦不由人做主，坎坷的命运也不由人做主。放翁再三叹息：
"三十年间，无处无遗恨。天若有情终欲问，忍教霜足相思鬓。"
　　尽管他对唐慧仙的情剪不断、理还乱，他也总有洒脱之时，
现在来看他一首洒脱的《鹊桥仙》：

华灯纵博，雕鞍驰射。谁记当年豪举。酒徒一一取
封侯，独去做江边渔父。　　轻舟八尺，低篷三扇，点
断蘋洲烟雨。镜湖元自属闲人，又何必官家赐予。

　　首二句是描写当年任情作乐、博弈、骑马射击。这些豪举，
都成过去。"酒徒"是讽刺官场逐鹿之人。自己是决心去做江边渔
父了。下片描写退隐山居后的逍遥岁月。他以"轻舟""低篷""蘋
洲烟雨"与上片"华灯""雕鞍"相对比，由繁华趋于恬淡，由急

骤的马换了缓慢的轻舟。表现他的心路历程。

最后说镜湖是个好风光的幽居之地，人人都有资格来住，不似官场的"寸土必争"，更不必官家允许才能住。

全首词是豁达、潇洒，但也隐隐中有一份牢骚。正是"元知造物心肠别，老却英雄是等闲"也。

再来引一首沉郁的《鹊桥仙》：

> 茅檐人静，莲窗灯暗，春晚连江风雨。林莺巢燕总无声，但月夜常啼杜宇。　　催成清泪，惊残孤梦，又拣深枝飞去。故山犹自不堪听，况半世飘摇羁旅。

这也是他的代表作之一，写的是杜鹃，比拟的是自己。倒颇似东坡《卜算子》的凄婉。

首三句写夜景，雨暗灯昏，连莺燕都栖息无声了。却听到凄清杜宇的啼声。先极力渲染气氛的凄冷，下片才点出一个"孤"字，这只孤单的杜宇，拣深枝更寂静之处飞去了。最后二句转到"人"，一个深夜不寐的愁人，即使在故乡听了这样的啼声都会肠断，何况是客居异地呢？更何况在飘零了半世的客居中呢？

放翁极擅长写景，现举一首《好事近》（登梅仙山绝顶望海）为例：

> 挥袖上西峰，孤绝去天无尺。柱杖下临鲸海，数烟

131

航历历。　　贪看云气舞青鸾，归路已将夕。谢半山松吹，解殷勤留客。

以词为游记，可直追东坡。而最后二句的蕴藉，尤胜东坡。全首写景，一、二句是仰望天空，下二句是俯瞰大海。有如摄影名家，将眼前景色，全部摄入了镜头。下片将心境与景象相糅合，因贪看雄伟奇景，不觉日已云暮。在倦游的疲累中，忽又转入一个有情世界："谢半山松吹，解殷勤留客。"便是他以有情的心眼望山川树木，山川树木也报之以情，它们懂得殷勤留客。一个"谢"字与一个"解"字，正是人与大自然的息息相关。非豁达如放翁者，不能有此奇笔。着此二句，全首词都活了，读者也随着他深入其境了。

诗人都善用"解"字，使景物人格化，使情景更鲜活。例如辛弃疾的"画梁燕子双，能言能语，不解道相思一句"，是抱怨燕子的"不解"，其实是知道它"能解"。晏殊的"垂杨只解惹春风，何曾系得行人住"，是抱怨垂杨的"解"，其实是怪它"不解"。都是把燕子与树当人看待，把人与景物融为一体。

像这样委婉的句子，真如王国维《人间词话》中说的："要眇宜修，能言诗之所不能言，而不能尽言诗之所能言。"其实不是"不能"，而是"不欲"。为了含蓄，不欲尽言也。

欣赏了这几首诗词之后，再来体味一下，放翁之所以为放翁，"放"，当然是放浪形骸，不拘小节之意，一个多情的诗人，坚贞的志士，在他八十六年的漫长人生中，总也不免有一些风流韵事。这正如东坡之与名妓琴操、朝云，是无损于他的名节的。

从他的《剑南诗稿》看来，放翁与夫人王氏是貌合神离的。因为在全集中，就没有一首诗记述王氏以及鹣鲽之情的。连逼他离异的母亲，他也不提，词集中更不必说，从没一首像东坡《江城子》那样"十年生死两茫茫，不思量，自难忘"的词。只有在王氏去世后，他自伤诗中有两句"白头老鳏哭空堂，不独悼死亦自伤"。一生冷淡夫妻，也只"自伤"而已，我们设身处地为王氏想，她随放翁数十年，吃了不少苦，患难夫妻受冷落，原也是很不公平的。争奈放翁难忘第一次婚姻的打击，反倒有时会逢场作戏，以自宽慰，也不能算是他的白璧之瑕吧！

据传说，他有一次投宿驿馆，看到壁上有女性笔迹题诗："玉阶鲽窣闹清夜，金井梧桐辞故枝。一枕凄凉眠不得，呼灯起作感秋诗。"他惊问是谁人手笔，知是驿馆主人女儿的，寂寞的旅人对此妙龄少女不免动了心而纳之为妾。带回后却为王氏夫人所不容。女孩又作了一首《卜算子》："只知眉上愁，不识愁来路。窗外有芭蕉，阵阵黄昏雨。晓起理残妆，整顿教愁去。不合画春山，依旧留愁住。"留愁住而留不得人住，她终于黯然而别。

如果真有此事的话，又将在放翁心上刻下新的伤痕，但又如何能怪王氏夫人呢？想来这段故事，可能是好事者所附会。在当时，落魄文士，常有壁上题诗之事。也许有人同情放翁与唐氏的婚姻，故意编了一段故事，把王氏描写成一个妒妇，也未可知。

为了对放翁爱情坚贞的印象之完整，相信很多人宁可信此事之无，而不愿信其有的。

无论如何，放翁对唐慧仙是始终不能忘情的。在他六十三岁时，有两首《菊枕》诗。

采得黄花作枕囊，曲屏深幌闷幽香。

唤回四十三年梦，灯暗无人说断肠。

少日曾题菊枕诗，蠹编残稿锁蛛丝。

人间万事消磨尽，只有清香似旧时。

他在二十岁新婚时，曾作过一首《菊枕》诗，但此诗竟未收入诗集中，难道放翁是"刻意忘情却不能"吗？

情，情，"问世间情是何物，直教人生死相许"呢？

放翁活到八十六高龄才辞世。人谓其"老尚多情是寿征"，但多情总是自苦，我想放翁之长寿，不是由于多情，而是由于他的"放"字。他还在一首《放翁》诗中说："问年已过从心后，遇境但行无事中。"七十岁以后，他真个能行所无事了。

想起他那首自贺词中的得意之句："桥如虹，水如空，一叶飘然烟雨中。天教号放翁。"正是他一派洒脱风范。乃以"一叶飘然烟雨中"为本文命题，岂不恰当呢？

灯火阑珊处
——辛弃疾（稼轩）

　　王静安先生说："词人者，不失其赤子之心者也。"他赞叹李后主词是"以血书者也"。千古的诗人、词人，他们的作品无不是出于一颗赤子之心，无不是以血书以泪书者。屈灵均遭贬斥，怀着一腔忠君爱国之思，写下了《离骚》；司马迁受腐刑，怀着一腔悲愤，写下了《史记》；陶渊明生逢乱世，但正因他热爱人生，才幻想出一个"其中往来种作，男女衣着，悉如外人"的桃花源，更写出那么自然美的田园诗；杜甫身经安史之乱，目睹政治的紊乱与民间的疾苦，因而有不朽的"三吏三别"与《北征》。辛弃疾也把满腔热忱、郁抑与忠愤全部托付在词里。他不写散文、不写诗，他的心声就是词。词是他一生身世、人格的写照。

　　我读辛弃疾词，至他的《青玉案》一阕，"众里寻他千百度，蓦然回首，那人却在灯火阑珊处"之句，追念这一位怀着满腔热血的爱国大词人，不得不落寞地度过他的晚年而郁郁以终，不禁为之掩卷叹息。

辛弃疾，字幼安，山东历城人。晚年号稼轩。他出生于宋高宗绍兴十年（1140）。那时他的故乡山东已沦于金人十三年，宋室早已南渡，他在金人统治下由祖父辛赞抚育长大，饱尝离乱，自幼就孕育着一份孤忠悲愤之气。二十二岁时，耿京起兵抗金，弃疾也聚众二千余人参加，替耿京掌书记。他劝耿京归宋以便联合作战，耿京派他到南京（当时的建康）联系，高宗大喜，封耿京为节度使，授弃疾承务郎。他见到南宋军容壮大，非常欣慰。他自己也骑着骏马，披着貂裘，是一位英武的少年军官。后来他的词中有"季子正年少，匹马黑貂裘"之句，正是回忆当时情况。不料此时耿京手下叛将张安国杀了耿京投降金人。弃疾赶回山东，率众直冲金营活捉张安国送到宋朝斩首。只此一事，已足见他少年时的智勇过人。他的《鹧鸪天》中句"壮岁旌旗拥万夫，锦襜突骑渡江初。燕兵夜娖银胡䩮，汉箭朝飞金仆姑"记的就是这事。

　　他回到南宋之初，仅任江阴小吏，先后写成了《美芹十论》与《九议》等十九篇军事论文，对敌情与收复失地的步骤作详细的分析与讨论，献之朝廷，可惜都未被采纳。三十三岁，他才被调知安徽滁州，以后递迁至湖北、湖南、江西的运副使、安抚使等要职。自二十三岁至四十二岁的二十年间，对朝廷、对地方有很多的建树。如在湖南创建飞虎军，兵力为沿江诸军之冠，使金人深感畏惧。在江西南昌府的救荒措施也在民间留下最好的政绩。朱熹称赞他："虽只粗法，便有方略。"这二十年中，也可以说是他精神上比较痛快的时期。可惜的是南都地处后方，使他未能发挥驱逐敌人收复失地的军事才能。更可惜的是佞臣一意主和，以致已经收复的淮北重又沦于金人之手。这位有血性的志士焉得不悲愤填膺？四十二岁时，他不幸被弹劾落职，在江西上饶过退休生活达十年之久。五十三岁，才再被光宗起用，任福建提刑与安抚使等职，但不久又被弹劾，回到江西铅山。乃筑室于带湖，过着"一松一竹真朋友，山鸟山花好弟兄"的田园退隐生活。有诗自叹道："只因买得青山好，却恨归来白发多。"于《沁园春》中，他更说出了退隐的无奈："意倦须还，身闲贵早，岂为莼羹鲈脍哉！"他虽然啸傲山水，仍然不忘国事，甚至愁到彻夜不眠。有一次他留宿山中，坐以达旦，写了一首《南歌子》云："世事从头减，秋怀彻夜清。夜深犹送枕边声。试问清溪底事未能平？月到愁边白，鸡先远处鸣。此中无有利和名，因甚山前未晓有人行？"两句问话，问得自己哑口无言。可见他内心的郁闷。他六十四岁时，韩侂胄执政，主张伐金，起用他调知镇江府。他真是兴奋到了极点，又吟起"想当年金戈铁马，气吞万里如虎"的壮语。有人讥讽他不当热衷功名，为韩侂胄所用。他作词自嘲道："扶病脚，洗衰颜，快从老病借衣冠。此身忘世浑容易，使世相忘却自难。"故意把自己写成个热衷功名的人，正是他的幽默之处。在任内订下破敌计划，积极备战，谁知刚满一年，因韩侂胄忌才又被罢黜，于六十六岁的七月回到铅山。此时英雄老去，他饱含了多少辛酸与多少壮年的回忆，寂寞地、忧郁地度过最后的两年，只叹息了一声："随缘道理应须会，过分功名莫强求。先自一身愁不了，那堪愁上更添愁。"这就是他"识尽愁滋味，欲说还休"的时候了。弃疾六十八岁去世时，正是韩侂胄北伐军败，他身后的恩荣，也因主战的关系而被剥夺了。

如此一位有胆识、有才略的政治家兼军事家，怀抱着一股正气，却因当权者的压制，不得有所发挥，终于忧愤逝世。使千载后的读者，都不能不为他同声一哭。

国家的不幸与他在政治上遭逢的挫折，却成就了他在文学上伟大的地位。他的词就是他一生最伟大的成就。王国维《人间词话》赞他："堪与北宋人颉颃者，惟一幼安。"我个人认为辛弃疾不仅是有宋一代大词人，即使在整个词史上，说他是最伟大的词人之一，亦可当之而无愧。《四库全书总目提要》评《稼轩长短句》道："弃疾词慷慨纵横，有不可一世之概，于倚声家为变调，而异军特起。能于剪翠刻红之外，屹然别立一家，迄今不废。"周尔墉有一首论词绝句，赞美他道："稼轩奇气欲拿云，字字华严劫外身。夜半传衣谁得髓，西风吹面庾郎尘。"王国维《人间词话》说："幼安之佳处在有性情，有境界。即以气象论，亦有傍素波、干青云之概，宁后世龌龊小生所可拟耶？"对他推崇备至。这真是诗人所谓的"国家不幸文章幸，赋到沧桑句便工"。

一般人论词，都要把辛弃疾与苏东坡并提，列为豪放派的词。其实和东坡一样，辛词又岂仅豪放而已。他的笔，别开天地，横绝古今，题材更广，感慨尤深。他于咏史、咏物、写景、咏怀、赠友、赋别之中，寄托了他的全部心魂。他出入古人，隐括前人著述，讨论人生哲理（如《哨遍》即隐括庄子《逍遥游》）。他引用史事，寄寓感慨（如《永遇乐·京口北固亭怀古》）。生动变化，灵活自如。他咏物时蕴藉沉咽（如《贺新凉·咏琵琶》），他写景时轻快优美（如《粉蝶儿·咏落花》）。他的作风，难以一语概括，有豪壮，有婉约，有绵丽，有沉郁，有闲适悠远，也有幽默轻松。最可贵的是他豪壮不流于粗犷的叫嚣，而能于豪壮中蕴蓄一份凄美缠绵之境，于沉郁悲愤中更透出一派豪迈飘逸的气概。总之，他是中国词坛上的一朵奇葩。后人学稼轩，只一味粗豪，无此才情，便万万不可企及。谢章铤在《赌棋山庄词话》里说得好："稼轩是极有性情人，学稼轩者，胸中须先具一段真气奇气，否则虽纸上奔腾，亦萧萧索索，如牖下风耳。"可见成为诗人或词人，第一贵一个真字，也就是所谓的赤子之心。

明白辛弃疾的身世，体会他的一腔忠愤，再披卷读他的词，我想在每个人心田中所激起的，当不止是一点轻微的感慨而已吧。

现在我们来欣赏他几首词，以证明他性情之真，爱国之深，与才华豪气的断非等闲。

贺新郎

别茂嘉十二弟

　　绿树听鹈鴂。更那堪，鹧鸪声住，杜鹃声切。啼到春归无寻处，苦恨芳菲都歇。算未抵人间离别。马上琵琶关塞黑。更长门翠辇辞金阙。看燕燕，送归妾。

将军百战身名裂。向河梁回头万里，故人长绝。易水萧萧西风冷，满座衣冠似雪。正壮士悲歌未彻。啼鸟还知如许恨，料不啼清泪长啼血。谁共我，醉明月。

　　这是一首送别族弟的词。起首一连以三种悲鸣于暮春中的啼鸟，制造出一份苍凉气氛。禽鸟尚知伤春，更何况万物之灵的人呢？故即以"算未抵人间离别"一句，引到送别正题。接着又连用汉昭君出塞、陈皇后被黜与卫庄姜送戴妫的三个凄断人肠的别离故事，来衬托人间别离之苦。也就是进一层说啼鸟之悲尚不及人事之可悲。过片仍紧接前文，继续引用故事，以身陷敌国的李陵送别老友苏武的沉痛心情，与燕太子丹在易水饯别荆轲的悲壮情景，更进一层说出生离死别之悲不限于个人的宠辱，而是有关于国家民族的存亡。一层深似一层，气魄愈悲壮，感慨也愈深。最后又回到开头的啼鸟，"料不啼清泪长啼血"一句，首尾相呼应，词意壮烈、沉痛。全篇用了三个比喻、五个典故，但却一点不累赘、不呆滞，淋漓尽致地写出了千古同悲的别离之情。全词一句紧扣一句，一气呵成，无懈可击，焉得不令人叹佩他的奇才。

水龙吟

登建康赏心亭

　　楚天千里清秋，水随天去秋无际。遥岑远目，献愁供恨，玉簪螺髻。落日楼头，断鸿声里，江南游子。把吴钩看了，阑干拍遍，无人会，登临意。

　　休说鲈鱼堪脍。尽西风季鹰归未。求田问舍，怕应羞见刘郎才气。可惜流年，忧愁风雨，树犹如此。倩何人唤取红巾翠袖，揾英雄泪。

　　建康是六朝京城，即今南京。赏心亭下临秦淮河。首五句写在亭中放眼所见辽阔的秋景。秋气愈清，就愈望得远，望得愈远愁也愈深。说"秋无际"其实是"愁无际"。两句中连下两个"秋"字，意味更深长。悠悠而逝的无边江水似玉簪螺髻似的，惹人愁恨的远处山峦加上苍凉的落日与断鸿。这一切，在一个故土沦亡的他乡游子心中，将引起如何深沉的感慨。可是举世滔滔，谁又能领会他的痛苦。他空有壮志雄心，也只有抚着宝刀（吴钩），寂寞地独倚阑干了。下阕更说出自己尽管没有知己，没有机会报国，却并不想效法季鹰对着西风就只想念故乡的鲈鱼脍，也不屑于像东汉末的许泛，求田问舍，见讥于刘备。可见得他的心胸是何等广大？他绝不是一个只图退隐的个人主义者，他时时刻刻都希望有机会能报效国家，能长驱北上，恢复中原。可是时乎不再，英雄渐老，他痛惜逝去的流年，忧愁未来的风雨。最后只悄悄地、怅然地问谁个能为他揾英雄泪呢？令人怅恨的是无限知己之感，不能托之于与他一样七尺之躯的丈夫，他已说过"无人会，登临意"。故只能诉诸红巾翠袖的女性。是沉痛、是空虚，也是幽默的自我嘲笑。

以上两首词是代表着他豪放的特色，而于豪放中有无限的沉咽蕴藉，尤其是在《水龙吟》的下阕，一句一顿，至最后戛然而止。再三读之，自可体会得这一份沉咽与蕴藉。

自上举词中，见出稼轩善于用典，尽管重重叠叠地用，读来却不觉其堆砌。他用典最多的是《贺新凉·咏琵琶》一首，那虽然是他的游戏之笔，但于驱使自如中见得他的独特风格。陈霆渚《山堂词话》说："此篇用事最多，然圆转流丽，不为事所使，的是妙手。"此话甚是。

稼轩也最善于用比兴，用比兴则隐，隐则含蓄，含蓄则更蕴藉沉咽，于低回绵丽中寄托着他无穷的感慨。试读下面的一首词：

祝英台近

晚春

宝钗分，桃叶渡。烟柳暗南浦。怕上层楼，十日九风雨。断肠片片飞红都无人管，更谁劝啼莺声住。

鬓边觑，试把花卜归期，才簪又重数。罗帐灯昏，哽咽梦中语。是他春带愁来，春归何处，却不解带将愁去。

或谓此词是稼轩因遣归吕氏女，伤离忏恨之作。据说侍儿吕氏女，因事触怒了稼轩，他竟把她遣回了，事后又深感抱歉，作了这首词。词意非常缠绵悱恻，尤其是下阕，与他其他的词风格不同。沈江东评道："稼轩词以激扬奋厉为工，至'宝钗分、桃叶渡'一曲，昵狎温柔，魂销意尽，才人伎俩，真不可测。"按说吕女之父吕正已是当时命吏，其女怎会是稼轩侍妾？可能是好事者的附会。但无论加何，这是一首儿女情长的词，作者也许借此寄托他更重大的感慨。正如岳飞的词："起来独自绕阶行，思君切，弦断有谁听。"其实写的是对国事的关怀。所谓见仁见智，端在读者。

他以宝钗、桃叶、南浦等别离情景，比喻春去不可留。"十日九风雨"是暗指政局的不安定，主和者多，主战乏人，有如风雨掩盖了晴丽的阳光。飞红零落，无人过问，啼莺就比喻他自己的一片孤忠，无人理会。下片借闺中少妇盼待爱人的婉转情怀，哽咽地表达出对春的期望，对春的失望。隐隐寄托他幻灭的悲哀，非常含蓄。使人愈读愈感到那一份愁也缠绕了你。有余不尽之意，都见诸言外了。张炎的《词源》说："辛弃疾《祝英台近》，皆景中带情，而存骚雅。故其燕酬之乐，别离之愁，回文题叶之思，岘首西州之泪，一寓于词。若能屏去浮艳，乐而不淫，是亦汉魏乐府之遗意。"评得非常恰当。

"景中带情""寓情于景"，最得诗骚之旨，我们再来看一首更好的例子：

摸鱼儿

更能消，几番风雨？匆匆春又归去。惜春长怕花开早，何况落红无数。春且住，见说道，天涯芳草无归路。怨春不语。算只有殷勤，画檐蛛网，尽日惹飞絮。

长门事，准拟佳期又误。蛾眉曾有人妒。千金纵买相如赋。脉脉此情谁诉。君莫舞。君不见，玉环飞燕皆尘土。闲愁最苦。休去倚危栏，斜阳正在，烟柳断肠处。

全首用比兴，看来豪放雄健，而句句是抚时伤事，境界尤高。起首凌空着笔，借春归喻世局之暗淡。"天涯芳草无归路"是指北望中原的沉痛。芳草是暗指王孙。而"画檐蛛网"映衬出一片寂寞景象，也可能是指苟安的主和诸佞臣在粉饰太平。妙语双关，见得他的无限苦心。下半阕写事，以陈皇后的被冷落自况。而"脉脉此情"，何能忘怀君国。玉环飞燕是比喻古来多少轰轰烈烈的大臣，也都被时代淹没了，更何况自己的不得见用于朝廷，言下无限悲愤。末三句的危栏、斜阳、烟柳，比喻局势艰危，斜阳落向西边，那儿就是他的故土。烟柳是朦胧的，比喻他心情的惝恍。如此重大的感慨，却出之以如此凄美之笔，真令人反复低回不已。据说宋孝宗看到这首词，怃然不悦，虽未加罪，而耽于燕乐的庸主，却始终不能重用他，予他以施展才华抱负的机会。再看下面一首：

菩萨蛮

书江西造口壁

郁孤台下清江水，中间多少行人泪。西北望长安，

144

可怜无数山。　　　青山遮不住，毕竟东流去。江晚正愁
余，山深闻鹧鸪。

　　此词不似一般小令之空灵飘逸，而以沉咽之笔出之。蕴蓄着
一份无可奈何的怅惘之情与思君爱国的坚贞情操。有如变徵之音，
令人一唱三叹，故尤为世人所激赏。此词是他于江西平寇后，渴
望回到临安而为时世所阻，抑郁而作。清江水中有无数行人泪，
也有更多他的泪。无情青山遮断了他望长安（临安）的视线，更
不要说回去了。而江水毕竟比他强，不被青山所阻仍旧东流而去，
他呢？只有落寞地踯躅于傍晚的江干，听深山中声声鹧鸪，啼着"行
不得也哥哥"，一股婉转郁勃之情，都寄托在写造口的景象中了。
　　现在让我们来欣赏他风格的另一面。

鹧鸪天

　　陌上柔桑破嫩芽。东邻蚕种已生些？平冈细草鸣黄
犊，斜日寒林点暮鸦。　　　山远近，路横斜。青旗沽酒
有人家。城中桃李愁风雨，春在溪头荠菜花。

　　写景最忌死板，把眼中所见，一样样流水账似的记下来，即
使是极尽辞藻堆砌之能事，摆出来的风景也是死的。论辞藻，吴
梦窗的词可说是最丰富的了，张炎却讥他如"七宝楼台，眩人眼
目，碎折下来，不成片段"，这是什么缘故呢？就是因为作者没

145

有把人物、故事、感情糅合在一起，这个风景就动不起来了。试看稼轩这首词是写早春，却紧紧地扣住现实的生活。第一句是眼中客观的景，由桑的嫩芽立刻想起养蚕人家，因而紧接了第二句的事，而且用动问的语气，显得分外活泼。三句同四句虽是写景，却是动的景而非静的景。黄犊在平冈的细草上行走着，鸣叫着，"鸣黄犊"就是"黄犊鸣"，倒置得活泼。斜日中，暮鸦都飞回寒林了，是一幅农村傍晚的景色。"点"字多鲜活，是形容词当动词用，和上句的"鸣"字相对称。此二句对偶工整，而丝毫不落斧凿痕迹。下片的"山远近，路横斜"，真有如电影镜头，带着你的视线向前追索，直等看到青旗飘摇的沽酒人家。酒店里不用说有人在饮酒，又是另一幅动态的有情致的农村风光。最妙的是末二句，由溪头的荠菜花，一下子想到城中的桃李，思想是跳跃的，时空是交错的。如果以现代文学观点来看，这两句可以说是一种意识流的表现。再深一层看，城中的桃李在愁风雨，而溪头的荠菜却是在春风中怡然自得。隐隐中寄托了作者对农村纯朴生活的向往。看似即景之作，其实含有孤芳自赏的深意。

再来看一首元宵即景词：

青玉案

　　东风夜放花千树，更吹落，星如雨。宝马雕车香满路，凤箫声动，玉壶光转，一夜鱼龙舞。　　蛾儿雪柳黄金缕，笑语盈盈暗香去。众里寻他千百度，蓦然回首，那人却在灯火阑珊处。

这首词的特点在观照上的统一。他把一个五彩绚烂的灯市，由动写到静，由热闹归到冷清。上阕是夜放花千树与星落如雨的灯，更有满街的宝马雕车，满耳风箫笙鼓，满眼玉壶光、鱼龙舞，给人的印象是多么鲜明，多么热闹！这是一幅动的画面。但下阕渐渐地静止下来了，扑火的蛾儿停向柳枝，盈盈的笑语归去，此际正有一个世间最寂寞的人，低回于灯火阑珊之处。由无限繁华转向无限凄清，是一种超人的境界，出世的境界。梁启超说他是"自怜幽独，伤心人别有怀抱"。这与杜甫的"天寒翠袖薄，日暮倚修竹"，苏东坡的"拣尽寒枝不肯栖，寂寞沙洲冷"，正是同样高洁的情操。短短一首小令，看似写景，却写有人世繁华瞬息的无常之感，也写出了他个人孤高的风格。所以我说稼轩的词，首首都是他人格的反映。

上文说过，他的词风格是多方面的，有波涛壮阔、金戈铁马的民族感慨的词，也有旖旎风光、缠绵悱恻的儿女词，有严肃面的也有轻松幽默的。且看下面一首《粉蝶儿》：

粉蝶儿

落花

昨日春如十三女儿学绣。一枝枝不教花瘦。甚无情便下得雨僝风僽。向园林铺作地衣红绉。　　而今春似

轻薄荡子难久。记前时送春归后。把春波都酿作一江醇
酎。约清愁。杨柳岸边相候。

稼轩的一支妙笔；就是把一切都赋以生命，把它们人格化起
来。春去春来，千古以来不知多少诗人词人，为它写下多少诗
篇，却没有一首写得有他这般有趣、这般活泼、这般出奇的。他
把春比作十三女儿，比作轻薄荡子，还要与春愁相约在杨柳岸
边，是怎样巧妙的设想。我觉得稼轩写景的最大特色、最大成功
处就是"动"的姿态，一动便一切都活了。如他的《汉宫春》写
立春，"春已归来，看美人头上，袅袅春幡"，就是一种动的婀娜
之姿。该词下片的"却笑东风，从此便薰梅染柳，更没些闲。闲
时又来镜里转变朱颜"，也是动的，有意志的，这就是人格化的写
法。又如："阅人多矣，谁得似长亭树。树若有情时，不会得青青
如此。""我见青山多妩媚，料青山见我应如是。"都是最好的动的
例子。

他的另一个特色，就是时常以白话俚语入词，例如《夜游宫》
讥伪客："有个尖新的，说的话非名即利。说的口干罪过你，且不
说，俺略起，去洗耳。"他的家乡土话都出来了。又如《恋奁》，
完全是描摹女性怨恨的口吻："如今只恨因缘浅，也不管抵死恨伊。
合手下安排了，那筵席须有散时。"再如《西江月》中的："醉里
且贪欢笑，要愁那得工夫。近来始觉古人书，信着全无是处。"多
么幽默！与前面所举的那些寄托重大感慨的长调一比，真不像是

148

出诸一人之笔呢。

辛弃疾一生最服膺的是陶渊明，这与他崇高的气质有关。他说："须信采菊东篱，高情千载，只有陶彭泽。"他赞美陶诗："千载后，百篇存，更无一字不清真。"足见他对渊明的钦仰。他之向往渊明，一则是由于他尽管怀有满腔报国热忱，却并不是个热衷功名利禄的人。二则是这二位诗人与词人身世和心境都颇有相似之处。渊明生当晋宋离乱时期，他却是个热爱人类的性情中人，怀着"欲为而不能为"的忧郁，悄然挂冠而去。归田后在开始时心情未始不矛盾，因为他并不是一个厌世者，也不想逃世，他热切地希望"桃花源"的太平盛世能重见人间。于无可如何中，他只得排遣再排遣，终归于平静悠闲，而领悟到"此中有真趣，欲辨已忘言"的境界。中间曾经多少艰苦的冲突，才得自我超越。辛稼轩又未尝不是如此呢？他晚年再度被黜退隐后，才越发懂得渊明的一番归田心事。所以他说"问北窗高卧，东篱自醉，应别有归来意"。体会得此高一层的境界之后，他才能真正的啸傲山水，深得林泉闲适的情趣。于是此一份闲适的情趣，从他的词中，随处可以见到。例如《西江月》："明月别枝惊鹊，清风半夜鸣蝉。稻花香里说丰年，听取蛙声一片。"读之使人仿佛也闻到那股淡淡的稻花香，而体会到这位词人度着农村生活的恬静心境。又如另一首《西江月》中："如今何事最相宜，宜醉、宜游、宜睡。……乃翁依旧管些事，管竹、管山、管水。"是何等洒脱的心胸。他写田园生活最有情趣的是一首《清平乐》：

茅檐低小，溪上青青草。醉里吴音相媚好，白发谁家翁媪。　　大儿锄豆溪东，中儿正织鸡笼，最喜小儿无赖，溪头卧剥莲蓬。

尽管他的田园闲居生活是如此的富于情趣，心胸是如此的洒脱，而在他内心深处，仍不免有一份郁勃之气与落寞之感，从他的字里行间透露出来。我们且读他的《鹧鸪天》：

有甚闲愁可皱眉？老怀无绪自惕悲。百年旋逐花阴转，万事长看鬓发知。　　溪上枕，竹间棋。怕寻酒伴懒吟诗。十分筋力夸强健，只比年时病起时。

一种无可奈何的悲怆，也同样感染了读者。他老了，他不能再气吞万里，驰骋沙场，他悲叹着"追往事，叹今吾。春风不染白髭须。却将万字平戎策，换取东家种树书"。他只好放弃了平戎策，读读不在禁例的种树书了。他的幽默，也正是他沉重的悲哀。

还有值得特别一提的是，《稼轩词集》中，对大自然各种花木的赞美，几乎无有不包。而其中看得出他最爱的是菊花，以及那松竹梅岁寒三友。这正是由于他对陶靖节先生的爱慕和他本人高尚的志节。例如："断崖千丈高松，桂冠更在松高处。"（《水龙吟》）即是以松自况。他在带湖种了千章松桂，把松视作当年检校场中的兵容聊慰壮志。"老合投荒，天教多事，检校长身十万松。"他也把松当老友般地开玩笑："昨夜松边醉倒，问松我醉何如？只疑松动要来扶，以手推松曰'去'。"写得实在有趣。对于竹，他也像东坡似的，和肉并提："细读离骚还痛饮，饱看修竹何妨肉。"比东坡更高一个层次了。他又说："怕凄凉，无物伴君时，多栽竹。"（《满江红》）可见他是寂寞的。至于咏梅之句，更是不胜枚举。如："老去惜花心已懒，爱梅犹远江村。"（《临江仙》）"老去此情薄，惟有前村梅在，倩一枝随着。"（《好事近》）至于"梅花也解寄相思"，把梅花常作情人般看待，也许是受林和靖"梅妻鹤子"的影响吧。无论如何，从他对花木的爱好中，可以窥见这位词人正是"伤心人别有怀抱"呢。

夜深花正寒

——朱淑真

　　词原以婉约温柔为宗，婉约温柔的词，由女性自己写来，自益见出色当行。但也许是造物弄人吧，中国历代女词人，大都是福慧不能双修，红颜薄命，因此她们的作品，也格外缠绵悱恻，赚人热泪。大词人李清照之后，又有一位自号幽栖居士的朱淑真，单凭她的词集名《断肠集》，就可以想见她坎坷的际遇与内心的苦闷。以她不可解的苦闷，发而为诗为词，才有如此一字一泪的作品。可惜的是她的词名被比她早的李清照所掩，所以在文学史上，并不能占到与李清照一样重要的地位，这又是她身后的另一重不幸。

　　《西湖游览志》记载，她是宋代钱塘下里人，但《四库全书总目提要》却说她是海宁人。至于她自称是理学家朱熹的侄女这一点，可能是依附盛名之词。可惜的是王唐佐所作《朱淑真传》已失传，对她的身世与遭遇因而每多揣测。可能她祖籍海宁，后迁居钱塘。她父亲曾在浙江做过一任官，她童年时代也曾随父宦游，享受过一段欢乐时光。她自幼就聪慧过人，善读诗书，又谙绘事，通音律，可算得是一位才女。她的父母对她的才华并不欣赏，所以她在少女时代，就是不十分快乐的。试读她的一首《书窗即事》五绝：

一阵摧花雨，
高低飞落红。
榆钱空万叠，
买不住东风。

"东风"比喻的是爱情，她不能自由地享受"爱"，便是封建家庭中少女无可告诉的痛苦。她的父母未能懂得女儿的心意，竟把她嫁给一个名利场中的官宦俗子，使她郁抑终生，这就是她比李清照更不幸之处了。她悲叹自己的婚姻说：

鸥鹭鸳鸯作一池，
须知羽翼不相宜。
东君不与花为主，
何似休生连理枝。

尽管她受父母精神的虐待，却仍然非常怀念双亲。从她的《舟行即事》诗中可以看出她的温厚与孝思：

扁舟欲发意何如，

回望乡关万里余。

谁识此情肠断处，

白云遥处有亲庐。

满江流水万重波，

未似幽怀别恨多。

目断亲帏瞻不到，

临风挥泪独悲歌。

因为她不能享受美满的婚姻生活，不由得格外怀念亲人。在旅途中，她满怀诗情画意，面对庸俗的丈夫，无由倾吐，只有悲叹"山色水光随地改，共谁裁剪入新诗""日长景好题难尽，每自临风愧乏才"了。

如此的婚姻，焉得不仳离，她自比为见捐的秋扇说：

一夜凉风动扇愁。

背时容易入新秋。

桃花脸上汪汪泪，

愁到更深枕上流。

她并不是哭自己的被抛弃，而是哭名节的误人。可是她终究不甘屈服于命运，所以在仳离之后，似乎曾有过一段恋情。也有人为她的清白辩护，说她所有充满罗曼蒂克气氛的词，都是诗人的幻想，以满足她内心的空虚。其实她与丈夫仳离之后，即使有爱人，又何损于她的名节呢？这正如后人为李清照的再嫁辩白一样的没有必要。有人举出她的咏黄菊诗"劲直忠臣节，孤高烈女心。四时同一色，霜雪不能侵"，来证明她的贞操观念，更是腐儒之见。忠是忠于爱情，对于一个不能相知的形式丈夫，有何忠之可言呢？看她写的有关爱情的诗词，绝不可能是给"羽翼不相宜"的丈夫写的。

且看她的一首《清平乐》，就是大胆地描写爱情生活的一首艳词：

恼烟撩露，留我须臾住。携手藕花湖上路，一霎黄梅细雨。　　娇痴不怕人猜，和衣睡倒人怀。最是分携时候，归来懒傍妆台。

"娇痴不怕人猜，和衣睡倒人怀"，正和李后主"嚼烂红茸，笑向檀郎吐"一样的旖旎风光，一样的大胆描绘。所不同的是李清照享受的是一段美满的婚姻生活，她却是违背名教的私恋，爱深痛苦也更深，因而不免有一份及时行乐，不顾明日明年的惝恍心情。且读她的元宵诗：

火烛银花触目红，揭天鼓吹闹春风。

155

新欢入手愁忙里，旧事惊心忆梦中。

但愿暂成人缱绻，不妨常在月朦胧。

赏灯那得工夫醉，未必明年此会同。

前半首描写灯节与恋人携手看灯的情景，后半首写当时欢乐与惆怅参半的复杂心情。好景难长，生怕明年此日，不能再与他一同看灯了。果然，她享受爱情的日子非常短暂，不久她的恋人就抛弃了她，她却"待封一掬相思泪，寄与南楼薄幸人"，对他仍是一往情深，不能忘怀。有人认为她此诗是寄与她的丈夫的。以她对爱情的认真，似乎是不可能与薄幸又庸俗的丈夫妥协的。例如她恨春诗中"春光正好偏风雨，恩爱方深奈别离"，怎会是给志趣不相投的丈夫呢？再度被真正所爱之人所负，才会如此痛心。固然，她新婚后有一段时日曾随官宦的丈夫居住任所，但心里是不会快乐的，所以仳离之后的一段爱情格外可贵，但又偏偏再失恋了。在一首《生查子》中，她更写出了内心的失恋之痛：

去年元夜时，花市灯如昼。

月上柳梢头，人约黄昏后。

今年元夜时，月与灯依旧。

不见去年人，泪湿春衫袖。

这首词曾引起文学史上的争论。此词亦收入欧阳修《六一词》

中。因此有人认为是欧阳修的作品。有人则以为欧阳修以宰相的身份，又是儒家，不应该作如此的艳词，所以认为是朱淑真所作。但爱惜她名节的人，却特地为地辩白，说此词非朱淑真作品，连《四库全书总目提要》中也指责《词品》的误收，害得朱淑真有了白璧之瑕。许玉琢在《校补断肠集序》中说："风雨而思君子，颀颔而怀美人。风骚所讴，寓言八九。淑真一弱女子耳，数百年后，犹为之顾惜名节，订讹匡谬，足使孤花之秀，坠蒂而余芳。么弦之激，绕梁而余响。"许氏的意思是说淑真词凡涉恋情者，都只是风骚之旨的假托，不是真有其事。他深幸《提要》为她辩正，还她清白。其实这种辩护虽出好意，却是多余的。朱淑真若是此词的作者，反愈发见得她心地的坦白，也愈发值得后人一掬同情之泪。

她告诉同时代的女性们说："莺莺燕燕休相笑，试与单栖各自知。"她更有两首自责诗云："女子弄文诚可罪，那堪咏月更吟风。磨穿铁砚非吾事，锈折金针却有功。""闷无消遣只看诗，又见诗中话别离。添得情怀转萧索，始悟伶俐不如痴。"可见此中痛苦非身受者难以体会。况在礼教束缚之下，有几人能了解与同情她呢？连她的双亲都不齿她的行为，乃至于在她死后，将她的尸体与诗词稿，都付之一炬。魏仲恭在她的《断肠集序》中说："其死也，不能葬骨地下，如青冢之可吊，并其诗为父母一火焚之。"一代女词人，便如此饮恨以终。

她的词风格非常朴素，这也许是女性词人的特殊作风。她的遣词用字，隐约可以看出颇受李清照的影响，例如她的《减字木兰花》：

独行独坐，独唱独酬还独卧。伫立伤神，无奈轻寒着摸人。　　此情谁见，泪洗残妆无一半。愁病相仍，剔尽寒灯梦不成。

开首一连用五个"独"字，正如李清照的《声声慢》，开首一连下"寻寻""觅觅""冷冷""清清"等四组叠字。也可以见得她对于"孤独"之刻骨铭心的感受，给予读者的印象也极为强烈。这是一首白描的词，无一字费解。春寒对于一个孤独的怨妇是难耐的，所以说"着摸人"，就是"捉弄人"之意。"此情谁见"与第一句相呼应。孤单一人，当然无人见了。眼泪把残妆都洗去了，也无心再理，化妆又为谁人呢？最后一句又与第一句中独卧相呼应。正如李清照的"被冷香消新梦觉，不许愁人不起"，只是一个想念的是丈夫，一个却只能暗念恋人。

许玉琢在《校补断肠词序》中称："宋代闺秀，淑真易安，并称隽才。"陈廷焯《白雨斋词话》却说："朱淑真词，才力不逮易安，然规模唐五代，不久分寸。"也算得持平之论。我认为两位女性词人际遇相似，才华也相若，只是朱淑真作品被焚毁，传世不多，不能窥其全豹。再者，她的婚姻不及李清照美满，没有随夫拓展与朋友广阔的唱酬。她也不像李清照喜批评议论诸大名家词的作风，因此在气派上似乎不及李清照那样傲视当时就是了。她有一首《谒金门》是用轻松俏皮近乎口语的笔调，写出对自己花一般年华的怜惜，笔调亦颇近似李清照。

> 春已半，触目此情无限。十二阑干倚遍，愁来天不管。　　好是风和日暖，输与莺莺燕燕。满院落花帘不卷，断肠芳草远。

再来欣赏她的一首《菩萨蛮》：

> 湿云不度溪桥冷。嫩寒初破双钩影。溪下水声长，一枝和月香。　　人怜花似旧。花不知人瘦。独自倚阑干，夜深花正寒。

此词很显明地受李清照《醉花阴》的影响。不过李清照写的是秋天，她这首写的是春天。以"湿"形容"云"，以"嫩"形容"寒"，虽未明言是春天，已令人嗅到春的气息。湿云不肯度过溪桥，是拟人的笔法，在自然景色中，把天空与地面上事物连贯起来。溪水是寒冷的，水声是潺潺不息的，一句从感觉上着笔，一句从听觉上着笔。更下一句"一枝月和香"又从视觉与嗅觉上着笔。三句只合力写一个失眠女子难以排遣的孤独感。水声、月影、花香，在一个酣睡的人是根本毫无感觉的，但在一个愁苦失眠的人，却是一丝丝地钻向她的心头。唐朝张继《枫桥夜泊》诗："姑苏城外寒山寺，夜半钟声到客船。"有人说寒山寺离枫桥那么远，钟声如何听得到。说此话之人大概没有失眠的经验，失眠的深夜，听觉特别灵敏，也许他听到的不是寒山寺钟声也把它当钟声了。这是诗人夸张的形容。杜甫的诗"卷帘残月影，倚枕远江声"，也是描写深夜失眠倚枕，看到残缺的月亮思念家乡，听到远处江水的声音更思念亲人。由此可以证明词人当时的心态了。

在寒冷的深夜，越睡双脚越冷，辗转反侧，几乎把被子都踢破了。写得多么婉曲细腻，多么深刻。上阕末句一个"香"字，才引出下阕的"花"字。"人怜花似旧，花不知人瘦"，在技巧上是套的李清照的"帘卷西风，人比黄花瘦"。可是在炼意上，却是创新的。于此可见她的才情。她把人花相比，人懂得怜惜花，花却不解人的孤寒寂寞，正如欧阳修的"泪眼问花花不语，乱红飞过秋千去"一样的无可奈何。最后才点出一个"独"字。"独倚阑干"，感到寒冷的当然是倚阑人，她却故意不说人寒冷，而偏偏说花寒冷。这是一种移情作用，花都感到寒冷，人更不用说了。

魏端礼[①]赞美她的词说："清新婉丽，蓄思含情，能道人意中事，岂泛泛者所能及。"当指的是这一类的笔触吧。魏氏极赏识朱淑真的词，认为她可与李清照并驾齐驱，因而编辑她的词集，使她在女性文学史上享有应得的地位。

---

① 字仲恭。——作者注

全首词以一个"冷"字贯串，第一句说"云冷"（湿自然就冷），"溪水冷"，然后是"被冷""月冷"，最后是"花冷"。"冷"给人的感受就是孤单寂寞。前文所引李清照所谓的"被冷香消新梦觉，不许愁人不起"，正是此种滋味也。无限凄清情景，焉得不令读者为之黯然神伤？

她的《断肠集》是同乡魏端礼所题，因她诗词中多"断肠"二字，如"自是断肠听不得，非干吹出断肠声""针线懒拈肠自断，梧桐叶叶剪风刀""梨花细雨黄昏后，不是愁人也断肠"等句。《断肠集》共有诗十七卷，词一卷，另有璇玑图记一卷，王士禛收入他的《池北偶谈》中，因而也得以保存。后人将她的词和李清照的《漱玉词》合并刊行。使我们得以一窥有宋一代女词人的才情和风貌，也使朱淑真在词坛上获得相当地位，则又是她的幸运之处了。

前文说过，词以婉约温柔为宗，以朱淑真的身世和性灵，其词风自是极婉约温柔之能事，这也就是后人将她和李清照并提的主要原因。也有人认为她的词颇似秦少游。其实凡是伤离怨别之词，都是缠绵婉转的，说她像秦少游，又未始不可说她像欧晏呢？欧阳修《踏莎行》中的"寸寸柔肠，盈盈粉泪，楼高莫近危阑倚"，《蝶恋花》中的"泪眼问花花不语，乱红飞过秋千去"，不是非常女性化的作品吗？又如晏同叔的《浣溪沙》："满目山河空念远，落花风雨更伤春。不如怜取眼前人。"哪里像一个大宰相的口气，连范仲淹也说"酒入愁肠，化作相思泪"。他一面写儿女情长的词，一面写《岳阳楼记》，"先天下之忧而忧，后天下之乐而

161

乐"。由此看来，文学作品，是作者最忠实的心灵吐露，什么心境之下，就写出什么样的词来。写至此，倒使我想起朱淑真的一首七言古风来，为了证明不同的心境写出不同的作品，特将该诗录后，亦见得这位女诗人的另一种风貌：

苦热闻田夫语有感

日轮推火烧长空，正是六月三伏中。

旱云高叠赤不雨，地裂河枯尘起风。

农爱田亩死禾黍，车水救田无暂处。

日长饥渴喉咙焦，汗血勤劳谁与语。

播插耕耘工已足，尚愁秋晚无成熟。

云霓不至空自忙，恨不抬头向天哭。

寄语豪家轻薄儿，纶巾羽扇将何之。

田中青稻半枯槁，安坐高堂知不知？

这首诗，洋洋洒洒，写出了田间农夫的辛苦，大旱天对他们的威胁。尤其是最后二句："田中青稻半枯槁，安坐高堂知不知？"把高高在上不管事的官吏讽刺一顿，笔触极似杜甫的"三吏三别"与《茅屋为秋风所破歌》，也像白居易的"新乐府"，使我们明了，这位幽栖居士朱淑真并不只为个人遭际悲叹，只要接触到外界，体会到人间疾苦，她就发挥出广大的爱心去关注。本来嘛，没有爱心的人，根本就不足以成为词人啊！

芭蕉叶上听秋声

——吴藻（蘋香）

词自南宋之亡，经元明两代，其命脉已不绝如缕，地位几乎由曲完全取代。可是到了清朝，又突然兴盛起来。有朱彝尊倡导的浙派与张惠言兄弟倡导的常州派。可惜他们分别走的仍是模拟两宋的老路，缺少蓬勃的生气，因而闻不出一点时代的新气息。所幸的是在这一片复古声中，却崛起了两位奇才：其一是宰相之子——多情的纳兰成德，另一位就是女词人吴藻。他二人能以横溢的才情、革命的精神，摆脱桎梏，发挥性灵，有如两朵稀世的奇葩，为清代词坛发放了异彩。

吴藻，字蘋香，自号玉岑子。嘉庆初年生于水木清明的浙江仁和县。仁和是乾隆时代名诗人厉鹗的故乡。山水灵秀所钟，培育出吴藻这么一位不平凡的女文学家。她工诗、词、画，又谙音律，十足的一位潇洒风流的扫眉才子。不但男性对她倾倒，连女性都仰慕她的器宇才华，纷纷向她乞词，请她题画。她往来的都是社会名流，夫人名媛。曾亲睹她风采的魏谦升赞美她："神情散朗，有林下风。"她画了一幅《饮酒读骚图》，并自制乐府，题名《乔影》。吴中人士，争相传诵歌唱，名遍大江南北。正有如北宋的"有井水处，都能歌柳七词"一样，享受大名。所以在表面看起来，她的生活是多彩多姿的。试看她一首《喝火令》的小序，可见一般：

> 四月十六夜，泛棹北山。月色正中，湖面若镕。戏拾小石投水，波光相激，月累累如贯珠。时薄酒微醺，繁弦乍歇。浩歌一阕，四山皆应，不自知其身在尘世也。

典雅的文章，写出幽美的境界，谁都要羡慕她洒脱自由、诗情画意的生活。殊不知在她优游岁月的后面，却隐藏着无限酸辛。原来她并不像宋朝的李清照，能嫁得一位才子赵明诚。她的丈夫是一个重利轻别离的庸俗商人。以她的才华与灵心善感，对丈夫焉得不有天壤王郎之叹。她深沉的痛苦，可于《行香子》一词中读出：

> 长夜迢迢。落叶萧萧。纸窗儿不住风敲。茶温烟冷，炉暗香销。正小庭空，双扉掩，一灯挑。　愁也难抛。梦也难招。拥寒衾睡也无聊。凄凉境况，齐作今宵。有漏声沉，铃声苦，雁声高。

她以"迢迢、萧萧""难抛、难招""漏声、铃声、雁声"等叠词，一层层地写出她内心重压的苦闷。

可是她豪迈的性格，又使她不甘于不幸婚姻的牵绊。满腔悲怨，发而为词。有时狂歌当哭，有时婉转缠绵。有时且以潇洒风流的态度，把自己当作男性，向同伴戏谑。例如她的《洞仙歌》中所写的："一样扫眉才子，偏我清狂，要消受玉人心许。正漠漠烟波五湖春，待买个红船，载卿归去。"在旖旎风光中，她抹去了眼泪，享受片刻欢娱，则又未始不是她排遣郁抑心情的另一种方式呢？

然而她究竟难以自遣，这种刻骨铭心的痛苦，使她写了一首凄断人肠的《浣溪沙》：

　　一卷离骚一卷经，十年心事十年灯。芭蕉叶上听秋声。　　欲哭不成翻强笑，遣愁无奈学忘情。误人枉自说聪明。

真是一字一泪，伤心人别有怀抱。殊不知强笑比笑更伤心。三十岁以后，她的境遇更一天不如一天，痛苦愈深，心情愈趋沉寂。丈夫去世以后，她移家浙江南湖，于野水古城，遍植梅花，用释家语题她的居所为"香南雪北庐"。在《香南雪北庐词》自序中，她写道："十年来忧患余生，人事有不可言者。引商刻羽，吟事遂废。此后恐不更作。因检丛残剩稿，恕而存焉，即以居室之名名之。自今以往，扫除文字，潜心奉道，香山南，雪山北，归依净土，几生修得到梅花乎？"《香南雪北庐词》刊行于她四十岁光景。这样一位正当盛年的旷世女词人，只因饱经忧患，便早早地告别了词坛，看来她是真个悟道了。这，在她个人来说是解脱，在词坛上说，却是莫大的损失啊。

她因才华横溢，不肯拘泥格局，雕琢辞藻，故常以妙曼活泼而且素描的笔调写出婉约柔媚的女性美，却没有绮罗香泽的才子佳人气。像李清照一样，她也喜欢以浅近的白话口语入词。在竞尚拟古的当时，尤为难能可贵。例如："燕子未随春去，飞到绣帘深处。软语话多时，莫是要和侬住？延伫延伫，含笑回他'不许'。"(《如梦令》)"可堪多事青灯，黄昏才到，更添上影儿一个。"(《祝英台近》)是多么生动活泼。她也有直抒胸臆的豪放作品，如："东阁引杯看宝剑，西园联袂控花骢，儿女亦英雄。"(《忆江南》)"愿掬银河一千丈，一洗女儿故态。收拾起断脂零黛。莫学兰台悲秋语，但大言打破乾坤隘。拔长剑，倚天外。"(《金缕曲》)"旧国烽烟何处认，桥亭卜卦谁人识。记孤城只手挽天河，心如铁。"(《满江红》)纵横磅礴之气则又接近苏辛。陈文述《花帘集》序中说："其豪宕尤近苏辛。宝钗桃叶，写风雨之新声。铁板铜弦，发海天之高唱。"足见她的词虽仍以婉约为主，而豪放之作，也颇显得出色当行，才情之高，于此可见。

她于豪放之外，更能以活泼的语言，描绘女孩儿的心态。读来不但亲切，对今天的白话文学来说亦有很大贡献。现在来引几首最口语化的词：

酷相思

炙了银灯刚一会，独自把，纱屏背。怎几个黄昏偏不寐。心上也愁难讳，眉上也愁难讳。　　薄纸窗儿寒似水。一阵阵，风敲碎。已坐到纤纤残月坠。有梦也应该睡，无梦也应该睡。

《酷相思》这个词调，韵脚多，又押仄声韵，音调短促，节拍紧凑，要极灵活的笔调，一气呵成，才能发挥这个调子的韵味与精神。吴藻这首词，就作得极为生动活泼。她明明写的是孤单、失眠的苦恼，却不用忧郁沉咽之笔。几夜通宵不寐，几番守着窗儿看月坠，她却俏皮地说："有梦也应该睡，无梦也应该睡。"一种无可奈何，偏不作愁苦语，令人击节叹赏。

连理枝

不怕花枝恼。不怕花枝笑。只怪春风，年年此日，又吹愁到。正下帷趺坐没多时，早蜂喧蝶闹。　　天也何曾老。月也何曾好。眼底眉头，无情有恨，问谁知道。算生来并未负清才，岂聪明误了。

和《酷相思》的调子一样，这也是首押韵多、节拍紧凑短促

167

的词调。这首写的是春愁。上片写春景，主观地用"不怕""只怪"等字，明白地说出个"愁"字，但这颗心却是和蜂蝶搅和在一起，似喧闹而实寂寞。是一种反衬手法。下片一连用了四个问句，千般愁绪，万种无奈，都在最后一句中透出。"岂聪明误了"，也就是那首《浣溪沙》中"误人翻自说聪明"的意思。

这两首词可说是她口语化的代表作。口语的诗词，深入浅出，近于民歌，易于传播，尤其易于道出女性的心声，所以人人都爱唱她的词。现在再看一首描绘深闺少妇极为细腻的词：

唐多令

春水一江流。春山面面愁。锁春光百尺高楼。楼上美人眠未起，嗔小玉，上帘钩。　碧藓满眶秋。红添两颊羞。忒惺忪好梦难留。怪底双鬟笼不住，知溜却，凤钗头。

把个少妇的春日娇嗔慵懒，刻画得丝丝入扣。比起五代的温韦和北宋的柳永，都无逊色。尤其是"溜却凤钗头"之句，真是设想妙绝。其鲜活生动，摆脱陈腔旧语，且非宋末诸家所能及。蘋香真是扫眉才子，无怪吴中士子对她的仰慕了。

她的作品，有《花帘词》一卷，《香南雪北庐词》一卷，共计三百余首。《花帘词》是她三十岁以前的作品，那时她正是一个多愁善感的少妇，心湖是澎湃的，情绪是多变的。所以有红情绿艳之词，也有悲歌慷慨之音，显著地反映出她的心路历程。三十岁以后，心情因历经坎坷的际遇而日趋沉静，词则由豪俊而转为婉约。现在从《花帘词》与《香南雪北庐》中，各举一首咏秋声的词，来作一番比较与欣赏：

虞美人

黄昏月黑秋声闹。隔个窗儿小。听风听雨未分明，只是萧萧飒飒满空庭。　　寒灯剔尽吟怀倦。长夜应过半。池塘春草总模糊，转觉今宵有梦不如无。

——见《花帘词》

这是写的秋夜的情景。上片全从听觉上着笔。第一句便点明秋声：风声、雨声，潇潇洒洒，好像是闹，可是这种闹却愈使人感到冷清，在窗儿里寂寞的人听来，闹声也是渺远的，不分明的。"黄昏月黑""空庭"，给人的感觉是一片空茫。寒冷的灯花剔尽了，诗怀已倦，好不容易挨过长夜的一半。伤心的是，即使梦到亲人，梦境也是模糊的。①一枕梦回，心魂更是恍惚。倒不如连梦都没做一个的好。"转觉今宵有梦不如无"，以反语作结，尤为沉痛。

笔者特别爱这一句。曾记得多年前彭歌有一篇小说《危城书简》，写金边陷落时一段悲惨的爱情故事，我看了非常感动，他嘱

---

① 池塘春草是用的谢灵运"池塘生春草"的典故，谢因梦见弟弟而得此句。

我写一首小词以寄感，因而写了首《虞美人》："锦书万里凭谁寄。过尽飞鸿矣。柔肠已断泪难收，总为相思不上最高楼。梦中应识归来路，梦也无凭据。十年往事已模糊。转悔今朝分薄不如无。"末句就是套的吴藻香的词，道出了书中女主角那一份绝望爱情的痛苦。附记于此，一则为博大雅君子之一粲，二则也以表示作词并不难，只要能委婉曲折地去体会那种心情，多读多背诵些名篇佳句，巧妙地一组合便成一首新词。虽是模仿，却非抄袭。何况偶然的模仿也是创作的起步呢。这又是题外话，是我学作词的小小经验谈，写出来以提起有志于学词的青年朋友的兴趣。

酷相思

　　一样黄昏深院宇。一样有笺愁句。又一样秋灯和梦煮。昨夜也潇潇雨。今夜也潇潇雨。滴到天明还不住。

　　只少种芭蕉树。问几个凉蛩阶下语。窗外也声声絮。墙外也声声絮。

——见《香南雪北庐词》

　　此词与前一首《虞美人》，同样是写秋声。仔细玩味，作者的心境已全然不同，因而笔触不同，所显示的境界各异。前一首没有写出一个"愁"字，却全首笼罩在愁的气氛中。这一首虽然点明"愁"字，却全首溢漾着轻松与幽默。前一首是主观地以外界景物写满怀愁绪。这一首是客观地对外界景物作冷静的观照，而于其中体认出乐趣。因此黄昏庭院并不曾引起她的空茫之感，秋灯煮梦——煮字用得好，梦竟然可以煮，真是出奇的想法——也不是凄凉的梦。潇潇雨声，反叫她后悔少种了芭蕉树，可借以多听听雨声。并不是像前人的"扑簌簌泪点儿抛，淅淋淋细雨打芭蕉""枕前泪共阶前雨，隔个窗儿滴到明"。今日的"芭蕉叶上听秋声"，已不是三十岁以前的"欲哭不成翻强笑"的悲苦心情，因为她的心已经由激荡而趋于平静了。所以对于凉蛩的低语，她也全以一副欣赏的心情，向它们动问，对它们倾听，这是从痛苦中彻悟过来的冷静。

这一份彻悟，从她更后期的一首《浪淘沙·写冬日法华寺归途有感》中，愈益显明：

> 一路看山归。路转山回。薄阴阁雨黯斜晖。白了芦花三两处，猎猎风吹。　　千古冢累累。何限残碑。几人埋骨几人悲。雪点红炉炉又冷，历劫成灰。

上片句句在写景，却句句是暗喻，是象征。"路转山回"暗喻毕竟从坎坷的世路转出来了。"阴雨斜晖"象征的是人生的悲欢离合，斜晖更有生命已临薄暮之意。芦花翻白，秋风猎猎，给人的感觉是旷野，是苍凉。下片便转笔写深一层的感慨。满眼古冢残碑，使你领悟世事无常。所谓"青山本是伤心地，白骨曾为上冢人"，生命如此短促，更有什么是值得认真的？"雪点红炉炉又冷"

一句是全首词的主旨所在，亦是最见功力之处。因为她以白雪与红炉，一红一白，一冷一热作强烈的对比。冰炭相消于俄顷，无常的世事亦当作如是观。抽象的哲理，以具象的形象为喻，不唯技巧高超，亦见得她的灵心妙悟。结语一句"历劫成灰"，道出了她死灰槁木的心境。是不是这位忧患备尝的旷世女词人，真个已从痛苦中解脱出来而能哀乐无动于衷了呢？

总之，吴藻词风格与内容，前后期是不完全相同的。前期作品《花帘集》，结集于她二十多岁时，那一段时期。她的生活是比较耽于享乐也比较放任的。她的同乡魏谦升为该集作序说："女士生于承平之代，擅清丽之才，无牵萝补屋之悴，有坐花邀月之乐！虽其中不无歌离吊梦、遣病言愁之作，仍以和平温厚出之，盖所遇然也。"可见"温厚"二字，是她于豪放或婉约中同样能发挥的女性美。到了后期，她三十岁以后，存亡见惯，忧患备尝，她的词风当然有了转变。张景祁序她的《香南雪北庐词》（简称《香雪庐词》），说她："中更离忧，幽篁独处。"她焉得不于虔心奉道之后，吟出"一卷离骚一卷经，十年心事十年灯"的伤心之句。幸得"芭蕉叶上"的"秋声"，对于一个聪慧绝顶的女词人来说，启发的是"寂"而不是"灭"，不然的话，她也无心将后期作品付梓，我们也就读不到她的《香雪庐词》了。

附录

之一
卓文君

汉代卓文君与司马相如的情奔故事，在中国一直被传为风流佳话。汉武帝时代，一个新寡的少妇，为了私心倾慕之人，为了追求真正的爱情生活，不顾封建社会的传统礼教，冲出牢笼，与情郎私奔，是需要多么大的勇气与决心。然而卓文君做到了，她可说是古中国第一个争取婚姻自由的革命新女性。

文君冰雪聪明，多情美艳，偏偏嫁后不久，丈夫就去世了，她不得不郁郁地回到父亲家中。一个才十七岁的多才多艺的少女，如何能向这不幸命运低头？尽管她父亲卓王孙是临邛地方的大富翁，可是锦衣玉食，何能填补文君心灵的空虚？于是，有一天，一曲《凤求凰》，就怦然拨动了这位才女的心弦。

《凤求凰》是风流倜傥的才子司马相如所作。他为慕文君之名，早就作好一支曲子，当嘉宾满座之时，他就边唱边弹奏起来：

凤兮凤兮归故乡，遨游四海求其凰。

时未遇兮无所将，何悟今夕升斯堂。

有艳淑女在闺房，室迩人退毒我肠。

何缘交颈为鸳鸯，胡颉颃兮共翱翔。

凤兮凤兮从我栖，得托孳尾永为妃。

交情通体心和谐，中夜相从知者谁？

双翼俱起翻高飞，无感我思使余悲。

美好的乐曲，缠绵恳挚的词意，顿使躲在屏风后面偷听的文君心旌荡漾。又看见相如温文潇洒，举止不群，便暗暗以心相许。司马相如也知道文君不是个等闲的柔弱女性，二人惺惺相惜。在一个深夜里，文君就悄悄地奔向相如，和他双双回到了相如的故乡成都。

相如原是个穷书生，文君意志坚定，不以为苦。索性劝丈夫回到临邛，开一家小酒店。文君亲自当垆卖酒，这使得爱面子的老父受不了，同时也由于父女亲情，就送他们一笔钱财，他们的生活也渐渐好转了。不久，相如时来运转，他的《子虚》《上林》等赋，深获爱好文学、尊重文士的武帝的赏识，一时文名大噪。后来又因出使西南夷有功，官拜孝文园令。此时，有财有禄的相如，竟然忘了与文君的山盟海誓，见异思迁，想纳茂陵女子为妾。文君于悲愤失望之余，赋了一首长诗，表示对他的决绝，这就是传诵千古的《白头吟》。

她绝不像当时一般女性，视官丈夫的三妻四妾为理所当然，她是无论如何也不能容忍他的移情别恋的。所以写了《白头吟》以后，她又以诗的方式，写给丈夫两封信：

春华竞芳，五色凌素。琴尚在御，而新声代故。锦水有鸳，汉官有水。彼物而新，嗟世之人兮，瞀于淫而不悟。

朱弦断，明镜缺。朝露晞，芳时歇。白头吟，伤离别。努力加餐毋念妾。井水汤汤，与君长诀。

第一封信用的全是隐喻，末二句慨叹人心不古，不但讥刺相如，也具有警世作用。第二封信中的"断""缺""长诀"等字，更百分之百地表示了她对薄幸人的痛心与不妥协。相如读了情文凄恻的《白头吟》和两封信以后，惭悔无地，乃断了纳妾之念。

现在让我们来欣赏这首在女性文学上有极高地位的《白头吟》：

皑如山上雪，皎若云间月。闻君有两意，故来相决绝。今日斗酒会，明旦沟水头。躞蹀御沟上，沟水东西流。凄凄复凄凄，嫁娶不须啼。愿得一心人，白头不相离。竹竿何袅袅，鱼尾何簁簁。男儿重意气[1]，何用钱刀为？

----

① 一作"男女"。——作者注

在汉乐府中，《白头吟》属于相和歌辞的楚调曲之一。首四句以仄声押韵，音调低沉悲郁。后转平声韵，由十一尤而四支而五微。由高亢而转为沉咽。读者如多吟诵几遍，自可于音韵中体会出她凄怆的心境。

再论词意：首以洁白的雪，明亮的月，象征自己的心地光明纯洁。三四两句即表示"宁玉碎、不瓦全"的决绝。所以今天与你斗酒相会，明天就与你分别于沟水之滨。"躞蹀"是形容行路迟迟，徘徊不忍离去的神态，也充分显示出她内心矛盾之苦。眼看沟水东流[①]，"凄凄复凄凄"，连用四个重叠字，此心凄苦可知。但紧接着却说"嫁娶不须啼"，故作洒脱。劝天下女子千万不必为嫁与薄幸儿悲伤，因为男子的薄幸是意中事。必须勇敢地面对现实，这是最沉痛的自我宽慰之词，比直言悲伤更悲伤，这是文学上的"反笔"效果。宋人词云"相思本是无凭语，莫向花笺费泪行"，也是此意，但尚不及这句蕴藉。可是她真的想得开吗？并没有。她是多么盼望有一位坚贞不贰的情人，白头偕老。所以"愿得一心人，白头不相离"是全词主旨所在。她自己失望了，却奉劝别人以爱情为重。"竹竿何袅袅，鱼尾何簁簁"二句是全诗最大转折，也是最费解之处。以我看来，可作如下两种解说：

一、竹枝在风中飘荡不定，鱼儿在水中浮沉惶惑[②]，象征自己

---

①　"西"字是衬字，着重在"东"字，有如"东逝水，无复向西流"之意。也可解释为沟水似向东又似向西，比喻自己心境的紊乱。——作者注
②　"簁簁"是烦躁不安之貌。——作者注

意乱心烦，柔肠百折，不知何以自处的情态。犹之《诗经·柏舟篇》，"泛彼柏舟，亦泛其流"，以船儿在水上漂浮，比喻自己的无根。以柏舟之坚固，比配自己的坚贞。而在无可如何中，反而顿悟男女的相结合，应当重情义，重意气，金钱又算得什么呢？[①]既然一方重视金钱官禄，她除了决绝，还有何话可说呢？

二、竹竿在风中飘荡，鱼儿在水中随波逐流都是软弱不能自主的，暗喻司马相如不能自我把握，用情不专。于是气愤地说："男儿应当重意气，何能在富贵之后便相遗弃呢？"

这两种解说都是我个人揣测，但我宁愿采用第一种解说。因为诉说自己内心的痛苦，比责怪对方的软弱不专情，尤富于"温柔敦厚"之旨。况且如依第一解，最后二句结句，就是更无可奈何的自我解慰，柔情万种，百转千回，于蕴藉中留有余不尽之意。如依第二解，则此四句是一气贯穿，一味讽刺对方有负于她，行文没有转折，不能显示她内心爱恨交加的矛盾。

中国古典文学作品，长处在婉转含蓄，越婉转也越含蓄，所以我仍取第一种解释。

相如于读《白头吟》与两封信后，总算断了纳妾之念。可是在文君的心灵上，是否已印下了不可弥补的创痕呢？

---

① 刀也是钱之一种，古人钱刀常连用。——作者注

之二

花蕊夫人

　　中国古代宫廷中，被封为花蕊夫人的有两位。一位是五代前蜀主王建的妃子淑妃，亦即小徐妃，美艳能诗，与姐姐大徐妃同事王建，唐庄宗攻陷蜀都以后，姐妹被俘，途中就遇害而死。因她的作品流传不多，便很少被人所称道。

　　本文所介绍的是在她以后的另一位花蕊夫人，她是五代后蜀主孟昶的夫人。她姓费，四川青城人。入宫以后，因才貌双绝，孟昶对她十二万分的宠爱，赐名"花蕊"。顾名思义，就可知道，在他的心目中，连娇艳的花朵，也比不上夫人的丽质与风范。

　　他们夫妻宫廷中朝夕厮守，风晨月夕，旖旎风光，自不必说。有一个静静的仲夏夜晚，二人在摩诃池上乘凉，相依絮语，真是无限恩爱。花蕊夫人就作了一首《玉楼春》记叙这一夜的欢乐。原词是这样的：

　　　　冰肌玉骨清无汗，水殿风来暗香满。帘间明月独窥人，倚枕钗横云鬓乱。　　起来庭户悄无声，时见疏星渡河汉。屈指西风几时回，不道流年暗中换。

也有人说此词是孟昶所作，这一点，也不必追究。就当作他俩的合作，又有何不可呢？

此词一直脍炙人口，宋朝的大学士苏东坡说他七岁时，见到峨嵋山一位九十高龄的老尼姑，告诉他年轻时跟随师父进过蜀主孟昶的宫中，看见孟昶与花蕊夫人纳凉摩诃池上，夫人作了一首词。当时老尼姑还能朗朗地从头背得出来。真可说是"白头宫女，话天宝旧事"了。老尼死后四十余年，东坡忽然想起此词，一时兴起，便将它改写成一阕《洞仙歌》：

冰肌玉骨，自清凉无汗。水殿风来暗香满。绣帘开，一点明月窥人，人未寝，欹枕钗横鬓乱。　　起来携素手，庭户无声，时见疏星渡河汉。试问夜如何，夜已三更，金波淡，玉绳低转。但屈指西风几时来，又不道，流年暗中偷换。

东坡是北宋大词人，从这首改写的词中，可以看出他横溢的才情，他的想象力，他的兴会。试读此词，只不过稍加几个衬字与转折语，就有画龙点睛之妙。而当时这一对恩爱帝后，那一副不知东方既白的陶醉神情以及好景难长的感慨，都在字里行间透露出来了。

由此看来，大手笔的再创造，有时较原作还有过之而无不及呢。

真个是好景不长，不久宋太祖南下，攻陷蜀京，虏了孟昶夫妇，在经过葭萌驿时，花蕊夫人百感丛生，在驿站的墙壁上举笔题词云：

> 初离蜀道心将碎，此恨绵绵。春日如年。马上时时闻杜鹃。

正写到这里，宋军就频频催行，她不得不含泪搁笔。这是一首《丑奴儿》（亦名《采桑子》），后人怜其情，为续成如下：

> 后宫佳丽如花貌，妾最婵娟。此去朝天。那得君王再见怜。

这个君王，当然指的是孟昶。到了汴京，身为囚旅，又何能再相依相守呢？果然不久，孟昶就被害而死。花蕊夫人在权威逼迫之下，不得不含悲忍辱，嫁给了宋太祖。可是她究竟是个非常烈性的女子，当太祖问她蜀国何以败亡的原因时，她气愤地作了一首诗来代替回答：

> 君王城上竖降旗，妾在深宫那得知。十四万人齐解甲，竟无一个是男儿。

可见得她是多么的不甘心。她并不畏惧太祖，只是痛心于蜀国尚拥有大军十四万，却不能与三万宋军对抗，士无斗志，也只怪孟昶平日的荒芜国事吧。

但这件事毕竟不能怪花蕊夫人，她只是深居宫中，如今丈夫惨遭杀害，国破家亡，只得把一腔悲愤深埋心底。她暗暗思念丈夫，自己画了一幅孟昶的像，挂在闺房中，日夕对他喃喃细语。有一天却被太祖发现了，她只得骗他说是张仙画像，对他膜拜，可望长生多子，总算被瞒过一时。其实太祖对她的念念不忘旧主，内心未始不知道，只是因她实在长得太美丽，不忍心杀她就是了。

自古红颜多薄命，也可说是美色害了她。试看所有的后宫嫔妃，没有一个不是色衰爱弛的，花蕊夫人自入宋宫以后，过的是忧伤的岁月，花容月貌，自亦无心修饰，太祖对她也就渐渐厌倦了。据说花蕊夫人为了报夫仇，曾暗制毒药，常置饮食之中，想毒死太祖，但一直未能如愿。太祖也慢慢知道了，最后不得不将她赐死。若真如此的话，花蕊也算得是一位烈女了。另外有一说，是太祖明知她有毒他之意，却总是不忍心杀她，其弟太宗劝他也不听。有一天，太祖与花蕊夫人一起在御苑中行猎，太宗于弯弓射兽之时，忽然回转身来，一箭把花蕊夫人射死了。果真是死于太宗箭下，她就更凄惨，也更不幸了。

花蕊夫人的作品，最精美的是她仿唐朝王建的《宫词》百首，也作了《宫词》一百首。现在且引四首来欣赏一下：

婕妤生长帝王家，常近龙颜逐翠华。

杨柳岸长春日暮，傍池行困倚桃花。

侍女争挥玉弹弓，金丸飞入乱花中。

一时惊起流莺散，踏破残花满地红。

春风一面晓妆成，偷折花枝傍水行。

却被内监遥觑见，故将红豆打黄莺。

月头支给买花钱，满殿宫人近数千。

遇着唱名多不语，含羞走过御床前。

　　但看这四首，每一首都描绘出一种神态。第一首的"傍池行困倚桃花"，写出嫔妃宫女长日漫漫中那一份慵懒，在慵懒中更透着盼待与寂寞。第二首的"踏破残花满地红"，虽然是写花，其实是隐隐象征嫔妃的被帝王蹂躏。今日承恩雨露，明朝也许就成败柳残花无人眷顾了。第三首写晓妆后偷折花枝，却被小太监发现了，因而"故将红豆打黄莺"，以分散注意力，乘机逃走，写得多么生动活泼，也见得宫庭中消遣之少，拘束之多。第四首的"遇着唱名多不语，含羞走过御床前"，刻画宫女心态，更是细腻入骨，可惜的是"君恩不似黄金井，一处团圞万丈深"，古代宫庭中女性的苦闷，恐非笔墨所能形容吧！